Hubert van den Berg (Hg.)

DAS DING AN SICH UND DAS DING AN IHR

Dada Erotikon

Edition Nautilus

Editorische Notiz: Die Rechtschreibung der Texte folgt den Originalen. Die Textnachweise befinden sich am Ende des Buches. Die Illustration auf Seite 3 zeigt eine Zeichnung von Clément Pansaers zu seinem Text Bar Nicanor, 1920.

Leider ist es uns trotz umfangreicher Recherchen nicht gelungen, alle Rechteinhaber ausfindig zu machen. Berechtigte Ansprüche bitten wir dem Verlag mitzuteilen.

Edition Nautilus Verlag Lutz Schulenburg
Alte Holstenstraße 22 · D-21031 Hamburg

1. Auflage 2003 · Printed in Germany
www.edition-nautilus.de

1 2 3 4 5 · 07 06 05 04 03

ISBN 3-89401-424-5

DIE NATÜRLICHSTE SACHE DER WELT

Hugo Ball
Cabaret 3

Der Exhibitionist stellt sich gespreizt am Vorhang auf
und Pimpronella reizt ihn mit den roten Unterröcken.
Koko der grüne Gott klatscht laut im Publikum.
Da werden geil die ältesten Sündenbocke.

Tsingtara! Da ist ein langes Blasinstrument.
Daraus fährt eine Speichelfahne. Darauf steht:
»Schlange«
Da packen alle ihre Damen in die Geigenkästen ein
und verziehen sich. Da wird ihnen bange.

Am Eingang sitzt die ölige Camödine.
Die schlägt sich die Goldstücke als Flitter in die
Schenkel.
Der sticht eine Bogenlampe die Augen aus.
Und das brennende Dach fällt herunter auf ihren
Enkel.

Hugo Ball
O, Marietta

O Marietta-Kripistika!
Thronkanapee im Serail von Sevilla!
Du bist wertvoller als die juchzende
Säubande von Hosenträgern.
Deren Rüssel
An deinem Bauch
Zu schnuppern
Gewohnt sein pflegt.

Richard Huelsenbeck
Dada siegt!

Ich gehe mit Tristan Tzara, dem berühmten Dada-Sänger und Lebemann, über die Bahnhofstraße in Zürich. Zeit: 10 Uhr abends. Es gehen immer Frauen vorüber, deren Kleider die reine Glasarchitektur in Bezug auf Durchsichtigkeit sind. Es ist scheinbar Sommer. Bei mir ist immer Sommer, wenn sich der Sexus meldet. Sexus ist ein Commis von Marchal Field, New York, hohe Telephonnummer. Na, Sie verstehen. Uns ging es ähnlich. Sie müssen nämlich wissen, mein Freund Tzara ist Rumäne. Also, wie gesagt (besoffen sind wir auch gerade etwas; Diner bei Huguenin) – der Tzara fragt eine Frau, eine ältere Dame aus dem Lande der Barchenthosen und der Doppelkinne, Fistelstimmen, des Schweizer Käses, der Schweizer Schokolade usw. ohne

Postkarte vom 7.12.1919 von Archipenko, Serner und Schad an Tristan Tzara

Umschweife nach einem Bordell. Nun ist ein Bordell für Dadaisten die natürlichste Sache von der Welt. Frauen sind ja bekanntermaßen wie Artischocken – ach ein Bordell, du köstliches Genezareth unserer Sünden. Alle Interessenten mögen sich schnellstens an die von meinem Freunde Raoul Hausmann dirigierte internationale dadaistische Geschlechterzentrale wenden. In Zürich jedenfalls, das von einem Altweiberklub regiert wird, dem Brennpunkt muckerischer Verlogenheit, der Zentrale verlogener Menschenliebe (dabei prügeln die Paschas gottseidank weiter) gibt es kein Bordell. Wenn man einer Züricherin das Wort Bordell ins Gesicht sagt, so ist das ungefähr so, als würde man den deutschen Kaiser mit Ehrenmann oder einen Neger mit Herrn Geheimrat titulieren. Beide würden nicht verstehen, was man meint; der Kaiser würde natürlich in Wut geraten, der Neger lachen. Die Züricher Frauen geraten aber bei dem Wort Bordell in eine furchtbare, berserkerische versteinernde Wut. Wir merkten wohl, daß wir an die falsche Adresse gekommen waren, ahnten aber nicht, daß wir jemanden tödlich beleidigt hatten. Als wir einige Schritte weiter gegangen waren, hörte ich hinter uns ein bedrohliches Rhabarber. Ein Greis im Bismarckhut, mit weißen flatternden Haaren, aber auch mit erhobenem Stock näherte sich schnell. Ehe wir uns retten konnten, erhielt Tzara einen furchtbaren Stockhieb (natürlich von hinten) auf den Kopf, konnte aber soweit parieren, daß nur der Rand des Strohhuts getroffen wurde, welcher dann allerdings der Attacke weichen mußte. Ein großer Auflauf, Hunderte von spuckenden und schimpfenden Tripleboches wollten uns massakrieren und nur mit genauer Not gelang es uns, durch eilige Flucht eine neue Schlacht bei Murten zu verhuten. In diesem Lande der Rohköstler, Joghurtfanatiker, Konkubinatsschnüffler, in der freien Schweiz, die Friedrich Schiller besungen hat, in diesem Lande des Kropfs, der Seen und der landschaftlichen Schönheit, das von Alfieri als ein Abort und von Madame de Staël als ein Paradies bezeichnet wurde, wo die Kühe wie Menschen und die Menschen wie Kühe sind, in diesem Land, in dem Gottfried Keller als totes Schemen die Lebendigen mehr sekkiert als je ein Torquemada die Häretiker sekkiert haben kann – hier wurde eines Tages Dada geboren, die Weltanschauung der freiesten Menschen, die dieser verfluchte Planet je hervorgebracht hat.

Emmy Hennings

Kleines Varieté

Wir sitzen im kleinen Varieté am Limmatkai. Wir trinken dummes Bier. Wir fühlen uns ein wenig sicher, obgleich wir kein Geld in der Tasche haben. Wir sitzen in einer schlecht gemalten Rosenlaube, alles schwimmt und flirrt im Raum.

Die Kostüme der Soubretten leuchten rot, gelb und grün. Viele Trikotbeine sind hier zu sehen. Es werden Militärlieder gesungen, und stramme Beine fliegen in der Luft. Absätze stampfen energisch die kleine Bühne.

Rudolf Schlichter, Cabaret aus Schall und Rauch, 1920

»Das stramme Militär,
Ja, das gefällt mir sehr.«

Die kleine Dodi, sechzehnjährig und sehr gelangweilt, mit kindlicher Schneckenfrisur, sammelt nach jeder Nummer. Ganz apathisch. Für jedes Centimestück quittiert sie mit kurzem Kopfnicken. Sie sagt jedesmal: »Merci«. Wenn jemand ein halbes Francstück zahlt, vergißt sie es mit Vorliebe zu wechseln.

Effi singt mit rührend heiserer Stimme ein Lied vom Schieben:

»Was du heut noch kannst besorgen,
Das verschiebe, schiebe, schiebe
Nicht auf Morgen.«

Wir fühlen uns unendlich wohl. Wir können nie mehr ganz unglücklich werden. Ah, sieh da, die schneidigen Husarenmädchen! Blaue Seide mit giftigen gelben Schnüren. Und die famosen Wasserstoffsuperoxydhaare! Herrliche Fahne! Das knattert und kracht!

»Und kommts daher, das stramme Militär,
So schneidig im Sechsachteltakt
Wie mir das Herz da knackt!«

Wir trinken dummes Bier. Wir jubeln unterdrückt. Wir wechseln einen Franc in lauter Fünf-Centimes-Stücke. Ah, das füllt die Taschen! Jedesmal zwanzig Centimes geben – so kann das Leben unmöglich weitergehen.

Mir fällt die unbezahlte Zimmerrechnung ein. Aber dann: »Fräulein, schnell einen Cognac!« – und alles ist wieder gut.

Marcel Janco, Plakat für »Negerlied«, 1916

Richard Huelsenbeck
An die Kokotte Ludwig

Dein Bein hängt über mir wie ein Sichelmond
ganz klar: Deine Brüste atmen zwei junge Tiere
hinter den besten Brüsseler Spitzen
hé garçon: Café au lait – den matin bitte und ein
 Glas Wasser
Im Grunde bist du wie deine Schwestern die mit
 wippendem Bauch
längs den Kloaken schleichen ängstlich horchend
auf den Pfiff der Sitte und der fleischfressenden
 Zuhälter
Der Viehhändler dem du die Hosen stahlst und
 das Portemonnaie
aus Alligatorenleder hat mich genau über deine Seele
 unterrichtet
hé – altes Schwein: nun bist du 50 Jahre aber noch
träumen die Gymnasiasten stark von dir
Sie träumen: du kämest leise mit dem geschmeidigen
 Rohrstock
einheizend ihnen hinten was ihr Herze begehrt
hé ihr Lustgreise und Mädchenhändler ihr Zigeuner
 und Hoteldiebe
betet betet wenn es euch Spaß macht
Oder sauft Euch an den Häusern hoch schlagt
 den Rinnstein auf
laßt die Feuerwehr donnern jagt die Flüsse aus ihrem
 Schlaf
altes Gesindel eine Flasche im Arm nahe ich euch
 irres Gespenst

Bist du es wieder köstliche Sau hat der Chirurge schon erspäht deinen Bauch Enterhaken bereit Fackel und Jodoform
Dada! Dada! nichts lebt außer dir sanfte Geliebte

George Grosz

1. Ragtime für den Oz im K.Laz. 840 Station III

(Maschin tritt auf, Bänkelsängertyp, am Zylinder sternenstreifig, den Manometer, grüngestrichene Brustwarzen, Lämmerschwänzchen,
Lacktöppe, Sternenbannerfrack!) Musik intoniert schüttelnd den Neger-Kuchen-Tanz

»bönn'sch o blekkberri's«

(Maschin singt!)

Des Lebens Lenz, der ist bekackt
Soldaten sind sehr schwer bepackt
ner alten Witwe hat man das Genick zerhackt
o – o – o – come in – old Oz !!

So ist das Leben
Kein schöner Traum
Schon mancher Masturbante hing sich in'n Apfelbaum
o – o – o – come in – old Oz !!

mein Schwanz der juckt wie ne' Hagebutt
wo finde ich nur – eine Futt?

eine Futt zum ficken
für meinen armen Dicken
o – o – o – old Oz – come in !

es war einst ein Mägdlein Aga – ten
die vögelten – die vögel – ten!
die vögelte sich ums Leben
– nu eben!
o – o – o – old Oz – ooooo – old Oz come in !!!!

Einst war auch dort ein Jüngling Peter
der hat nen Schwanz von einem Meter
er konnt ihn kaum verstecken
er braucht nen alten Covercoat um ihn nur zu
bedecken!
o – o – o – come in – come in old Oz!

desgleichen gabs dort noch den Emil Rein
der Schwanz war aber viel zu klein
und wollte der mal bolzen
dann pumpt er sich von einem Freund nen Schwanz,
der war aus Pappelholzen
o – o – ho – ho – come in – in – Old – OOOZ !!!
ooooo !!

die Succi hat ein kleines Loch
gestöpselt aber wird' se doch
das ist'n Gedränge und Geschiebe
– aus Liebe! Oz! aus Liebe!
o – o – o – – – – – – come in – old Oz!!

Bei einem Schäferstündchen
Ottilie spielt ihm grad am Pintchen
da ließ der kleine Schnakl' Franz ganz plötzlich einen
gehen
– ist sowas zu verstehen?
o – o – o – o – o – old Oz – come in!

der Peter! der Peter!
stets ruft er: Schorsch mir steht er!
sein Pint ist stets so glühend heiß wie eine Ofenplatt
er bügelt seine Hos mit ihm, dann wird sie wieder glatt
oooooooooooo – old Oz!

das Norchen, das Norchen
macht mit dem Finger bohrchen
es bohrt ihn in die kleine Ritze
und ruft ekstatisch: spritze! – spritze !!!!
oooooooooooo – old Oz!!

Herbert Fiedler heißt ein Mann
der leckt wo er nur lecken kann
der leckte jede alte Möse
samt Fotzenschleim und Stillenkäse
oooooooooooo! old Oz.

George Grosz, Spielhölle, 1918

Raoul Hausmann

Puffke und die erotische Kultur

»Ihr ollen Männer« sagte Grete Susmanski, »was ich mir schon aus Geist mache, da steige ich lieber in's Reich der Mütter, ich meine das von Goethe!« – So war sie nun mal, die Grete. Schon als Backfisch teilte sie moralische Ohrfeigen an ihre recht zahlreichen Anbeter aus. Sie war die richtige Erotiktaktikerin. Im späteren Leben war sie allerdings noch mehr als gegen den männlichen Geist gegen die Verführungskünste der Männer – »Männer«, sagte sie, »sind immer die Schlauen, sie bezahlen stets und unter allen Umständen zu wenig, auch wenn wir ihnen das Fell noch so sehr über die Ohren ziehen – ja, ja, diese Männer, achgottedoch, was für Schweine! und wir armen Frauen fallen drauf rein!!« Damit hatte sie nun allerdings vollkommen recht. Sie, die Grete Susmanski, war eine famose Frau, nur so auf ihrer Suche nach dem Ideal, nach dem Vater ihres richtigen Herzenskindes etwas auf Abwege geraten, wie das in unserer Zeit öfter vorkommt. Bei ehrenfesten Leuten, etwa Stadtrat Münzer, galt Grete als Ausbund der Verworfenheit – aber du liebe Zeit, diese Begriffe sind doch sehr relativ! Sie war mal im Begriff gewesen, nachdem sie 6 Jahre verheiratet war, dem Manne ihrer Wahl als reine Jungfrau zu folgen – oh bitte, sowas kriegen Frauen fertig, sie bleiben innerlichst ganz unberührt – aber auf der Reise traf sie den bekannten Normalbürger und Butterschieber Puffke. Puffke wurde ihr Verderb, oder wenn man so will, ihr Glück. Zunächst half sie dem Puffke zur Verwirklichung seiner erotischen Pläne. Unser Schieber war für's Romantische, für Perversität, aber auch für 'ne kräftige Orgie in einem extra dazu von einem modernen Expressionisten eingerichteten Schlafzimmer – die ganze Fensterwand mit Mullgardinen, die wie große Orchideen abgebunden waren, verschleiert; die Wand, an der das Bett stand – ein Furioso in Rot zur Anfeuerung der Sinne; das Bett selbst war mit Spiegeln versehen (zum Betrachten der Körperstellungen) und vor allem: es hatte an der der Türe zugewandten Seite eine hohe pyramidenförmige Eckausbuchtung – damit unvermutet Eintretende das in ihm sich ergehende unkeusche Paar nicht sofort sehen konnten. Dies Schlafzimmer war einzig; Grete Susmanski liebte dafür den Puffke $2^1/2$ Prozent inniger. Der Puffke kam auf seine Rechnung, er hatte den physischen Genuß der Frau und das Kulturbewußtsein – und die Grete hatte vor ihren Freundinnen eine Sensation voraus. Seidne Strümpfe zu 300 Mark das Paar, oder Spitzenhöschen – das konnte jede haben; ein solches Schlafzimmer stand einzig da. Und wenn nun noch gar auf Anregung des Puffke eine zweite Frau mitagierte, um mit Grete zusammen dem Puffke lesbische Szenen vorzuführen – der Mann band jede in 'ner anderen Zimmerecke fest und die Weibsen mußten so tun, als sehnten sie sich zueinander – so war dies doch wirklich sehr modern! Puffke war auch stolz auf seine Erfindung, er hoffte, daß eine staunende Nachwelt über diese Dinge ebenso bewundernd singen würde, wie etwa über Dantes Liebe zu Beatrice oder Michelangelos Sonette, ja, bei Gott, Puffke vergaß das Mittelalter, nachdem er sich so sehnte, beinahe ganz! Leider nur beinahe! Er hielt diese moderne Kultur nicht sehr lange aus. Nicht etwa wegen der damit verbundenen körperlichen Anstrengung – was schadete dem wohlgenährten Puffke die Liebe! aber fand denn doch, daß dies alles noch nicht das Rechte war, noch nicht monumental genug sei. Der Zufall half ihm. Er fuhr eines Tages geschäftlich nach Erfurt und dort, dort – sahen seine sehnenden Augen etwas echt mittelalterliches, etwas großes, romantisches: den Grabstein des Grafen von Gleichen mit den zwei Leichen, d.h. also seinen zwei Frauen. Das war's! Heureka! Das mußte Puffke auch machen – dazu hatte kein Lebender den Mut! Denken Sie mal: zwei Frauen, wo andre mit einer nicht fertig werden! Per Flugzeug reiste unser Puffke nach Hause!! Sofort in die Filmstadt Wolterswüste: Tag, meine Herrn! Geld habe ich, spielt keine Rolle, machen Sie mir 'nen tadellosen Film: der Graf von Gleichen holt sich seine zweite Frau aus dem Morgenlande. Mella Hoja spielt die Türkische, Grete Susmanski die Gräfin, den Grafen von Gleichen spiele ich selbst!! – Tatsächlich ging die Sache los. Es war wunderbar, der Puffke strahlte in seiner Ritterrüstung so, daß man beim Kurbeln der Sonne entraten konnte, er war so begeistert, daß er das Riesenhonorar, das er der Hoja zahlen mußte, um sich mit ihr und Grete im gemeinsamen Ehebett kurbeln zu lassen, gern verschmerzte. Das Wunderbarste aber war, daß durch diesen Film die hohe Kulturstufe, auf die Puffke die moderne Erotik gebracht hatte (die Hoja fand nämlich auch Gefallen an dem expressionistischen Schlafzimmer und blieb dauernd bei Puffken und der Susmanski) allen Mitmenschen nicht nur, sondern eben auch auf ewige Zeiten der staunenden Nachwelt vermittelt wurde! Ja, da staunt man wahr und wahrhaftig, was heute alles der gute Bürger fertig kriegt; seh'n Sie sich diesen Gipfel nur richtig an – und dann betrachten Sie mal die Gräuel der Bolschewisten – die haben sowas nicht! Nee! Und übrigens durch dieses Exempel wurden Hunderttausend andere Butterschieber zur Nacheiferung gereizt und unsere Zivilisation wurde nicht nur zur Kulturstufe der Erotik, sondern auch der Weiber – und vor allem der Schieber! Puffke aber gebührt allein die Ehre, der Große, der Erotiktaktiker gewesen zu sein.

Mina Loy

Jungfrauen plus Vorhänge minus Mitgift

Latin Borghese

Häuser halten Jungfrauen
Die Tür liegt an der Kette

»Lotet die Straßen mit Herzen aus«
»Durchbohrt die Vorhänge mit Augen«

Jungfrauen   ohne Mitgift
Starren   jenseits aller Wahrscheinlichkeit

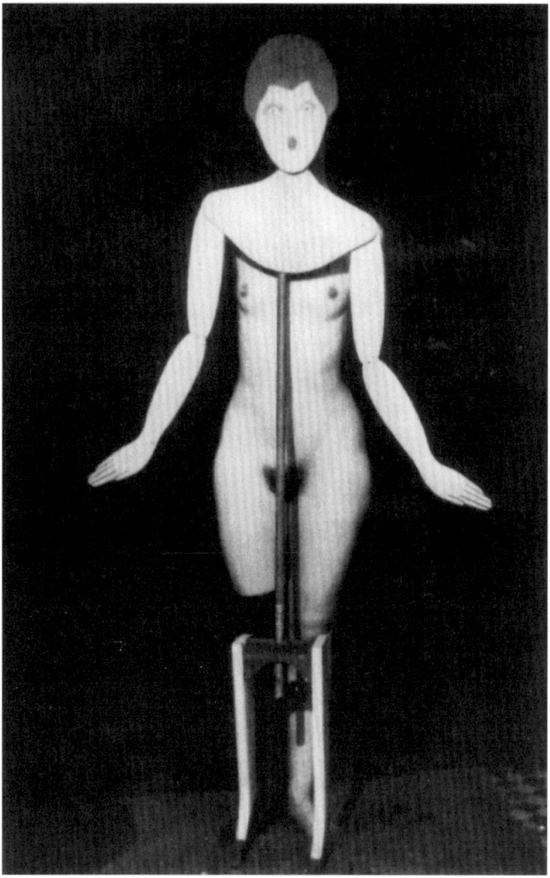

Man Ray, Kleiderständer, 1920-21

Seht die Männer vorbeigehen
Ihre Hüte sind nicht unsere
Wir machen einen Spaziergang
Sie gehen irgendwohin
Und sie dürfen überall hinschauen
Männeraugen schauen in die Dinge hinein
Unsere Augen schauen heraus und geben acht

Einen großen Teil von uns
Bieten wir dem Spiegel dar
Etwas weniger dem Beichtstuhl
Den Rest der Zeit
Wir haben so viel Zeit
Alles ist voll davon
So eine lange Zeit

Jungfrauen dürfen flüstern
»Durchsichtige Nachthemden ganz aus Spitze«
Jungfrauen dürfen quieken
»Meine Liebe ich werde ohnmächtig«
flatter … flatter … flatter
… »Und dann der Mann – «
Unser Kichern verschwendend
Denn wir haben keine Mitgift

Uns wurde beigebracht:
Die Liebe ist ein Gott
Weiß mit sanften Flügeln
Niemand schreit
Jungfrauen zu verkaufen

Und doch wo sind unsere Münzen
Um einen Käufer zu kaufen
Die Liebe ist ein Gott
    Heirat teuer
Ein gut gehütetes Geheimnis
Macht den Lärm der Welt aus
Die Arme der Natur sind weit ausgebreitet
Und machen uns Platz
    Platz für uns alle
Jemand, der niemals
            eine Jungfrau war,
Hat die Tür verriegelt
Hat Vorhänge an unsere Fenster gehängt
Seht die Männer vorbeigehen
Sie   gehen irgenwohin

Fleisch wie Unkraut
Sprießt im Licht
So viel Fleisch in der Welt
                    läuft frei herum

Manche   hinter Vorhängen
Klopfen in der Nacht
Köder   für die Sterne
Die fallen wie Taler vom Himmel
Und du trägst sie nach Hause
In deinem Hemdlein
Zu einem   abgeschirmten Licht
Bei verschlossener Tür
Gegen Jungfrauen die
Daran   kratzen könnten

LUST IST ALLES

Tristan Tzara
Negerlied (Nauru)

Mädchen
Bleib oben
Bleib auf dem Stuhl Däbanne
Dem Däbanne da oben.

Lenk deinen Kahn spring vom Meer ans Ufer
Bleib wie angenagelt in den schändlichen Teilen der ...
Fick sie, in ihre schändlichen Teile, wüte wie
Blitz und Donner, der Donner grollt
Der Donner grollt und spritzt aus seinem Geschlecht.
... O!
Zeige, öffne weit ihre innersten Organe
Trinke Palmwein
Gischt in ihr
Trinke Palmwein.

... Dein Geschlecht stinkt wie Haifischgalle
Haifischgalle stinkt fürchterlich
Und alles was daraus fließt
Ich will nach Tararuru gehen

Tararuru suchen
Öffnen öffnen
Riechen riechen
Blumen pflücken
Blütenblätter schütteln
He he, schau die Klitoris an.

Walter Serner
Bestes Pflaster auch roter Segen

Bodenbepurzelndes Geschirr:
gar so süss soffen Ninallas Lippen Pommery greno first.
Minkoff, ein ganz ein Russischer, déroutiert
    nebengeleisig.
Vorüberflappender Handteller: benützter Busen bläht
                    Blondes.
Pauschal.   Schal.
Schluck Wein (Länge: 63 centimètres) in rotverbesser-
te Nüstern gespien.   Queen!!!
Weil ensembletapfer beflüstert Kuno feistes Postérieur.
Knäuel, dem sich schweißig Unterarm entzupft.
Vornübergewettert: Sibi schrie naturgemäß immens
    auf,
Hemigloben nach oben.
Derzeit brennendes Pedal berutscht entzückt ander-
    wärts gestreichelten
Bauch.   Auch.
Unüberholt wischt seine lingua fettesten Schenkel
    einher, Isidor.

O wie lieb ich das Gelichter des Lebens! (Abends,
naturellement!)
Kruschewaz glotzt auf die ach so entfernten
Deltafalten Zuzzis.
Baynes Destiny (Massachusetts-allerholdest) quillt
geigengeil um die Ecke;
Blech taumelt daraus schwierig empor:
schwachbeflorter Unterleib (? Gaby!) wogt taktvoll
heran.
»Die Treue ist kein hohler Zahn« … (Kreuzung von
Kind und Kegel)
Madame V. flicht, sehr gewiegt, Roger ein Glas in die
Finger;
quetscht das Ganze stuhlzusich.
Pferch. Überzwerch.
(Apropos: man subtrahiere Geschlechtskrankheiten;
coitus würde allgemein beliebtes Gesellschaftsspiel;
wäre im Laden zu haben. Basta.)

Wieland Herzfelde
Das Begräbnis Alfred Lichtensteins

Auf einmal bin ich zu Hause in meinem Zimmer. Auf der Kante meines Tisches (der eigentümlicherweise ganz leer geräumt ist) sitzt ein junges, fremdes Mädchen. Mit dem Gesicht gegen das Fenster gewandt, als ob es mich nicht wahrnehme. Ich trete in die Richtung seiner Blicke. Obwohl es sitzt, ist der Körper völlig aufrecht und ausgestreckt. Angezogen ist

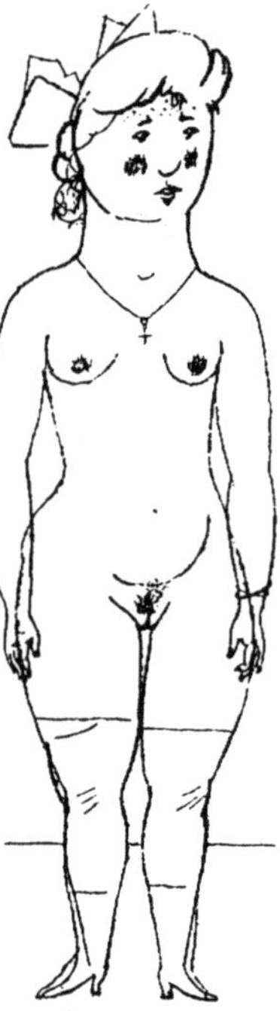

es nur mit einem Hemd: etwas knittrig, wie neue, ungewaschene Wäsche, faltenlos, sehr dünn; halb durchsichtig, als sei es aus Pergamentpapier. Die Frau schämt oder bedeckt sich vor mir gar nicht. Sie hält offenbar ihre Kleidung für hinlänglich und fängt über ernsthafte, ganz fern liegende Dinge zu reden an, die mich natürlich wenig interessieren. Ich betrachte ständig ihren bekleideten und doch so unsäglich nackten Körper. Er ist brünett (aber gar nicht heiß oder glänzend), schlank, matt, als ob er ein wenig gepudert sei, ruhig und ohne herausfordernde Haltung. Im Gegensatz zu Frauenkörpern, die ich in andern Träumen sah, scheint er streng, fast eckig begrenzt. Die Brüste sind keine Dinge für sich, sondern klein, fast wie Ornamente, auffällig symmetrisch. Die Schamhaare tief schwarz, scharf begrenzt wie ein gleichseitiges Dreieck. Jede Linie und Fläche klar, deutlich, schleierlos, als ob diesem Leib jede Schwärmerei fern sei. Und doch erscheint er nicht kalt oder unsinnlich; ich fühle deutlich, daß Verachtung ihn herb geformt hat, daß dieser Körper Kräfte in sich ver-

schlossen hält, bereit zu einer plötzlichen, extatischen, zuckend-elementaren Entspannung.
Ob ihr Hemd zu durchsichtig sei, fragt mich die Frau unvermittelt. »Nein«, antworte ich, »man sieht nur einige Linien und Umrisse«, und weiß dabei ganz genau, daß es nicht wahr ist. Aber das Mädchen glaubt mir, und da ist es auf einmal vollständig nackt.

George Grosz

Auftritt des Zotendichters

Aus dem Singspiel »Der Lattentanz«

es bebt bereits der Lenz mir in den Knochen
die Latte steht, des Arschlochs Kerbe dampft
ein Schreinermägdlein kam beinah in Wochen
wir wollen morgen Sagosuppe kochen – !
– hoho! Berlin! »von Portweinflaschen überpinkelt«
dein graues Afterantlitz zetert von Benzin –,
– – wenn ich nur wieder vögeln könnte – !
   ein Hoherpriester prunst mit einer Ente
was sagt Therese immerfort? – »Dein Sperma ist wie Talk?
   a hem! Komm her mein lieber Schatz wir tanzen cake-walk!«

So geht das Leben aus und ein und ein und aus und ein
der Schatterbox, jedoch, nanu, der fickt mit einem Schwein

Manch großen Reiches Herrlichkeit geht, denk mal,
plötzlich flöten –
daß Kinderfräulein spielt mit Schneid an Willys
Schülerklöten –
mein Kopf der ist ne Blase, ne Blase, ne Blase – !!!!
– voll Zoten – voll Zoten – voll Zoten – holdrio!
holdrio!
»drunt' im Unterland, da ist 's halt scheen«
(the big sackjucker!)

O Lise Deine weiße Schenkelpolster!
mein Kopf der torkelt langsam drüber hin –
mein Glied, ein Kompaß zeigt extrem gen Osten
(ein dicker rosenroter geiler Pfosten,
steht in der Leibesmitte starr und aufrecht Posten)
sieh da! der Zotendichter lacht sich krumm und schief
ho! ho! – hi! hi! – ha! ha! – ho! ho!
es ist bereits halb sieben –
ach Olga! mach die Beine breit,
wir woll'n ne Nummer schieben!
sie schoben tief und tiefer
er schob sogar den Kopf herein bis an den Oberkiefer!

Abbildung rechts: Francis Picabia,
Amerikanisches Mädchen im nackten Zustand, 1915

PORTRAIT
D'UNE JEUNE FILLE AMERICAINE
DANS L' ÉTAT DE NUDITÉ

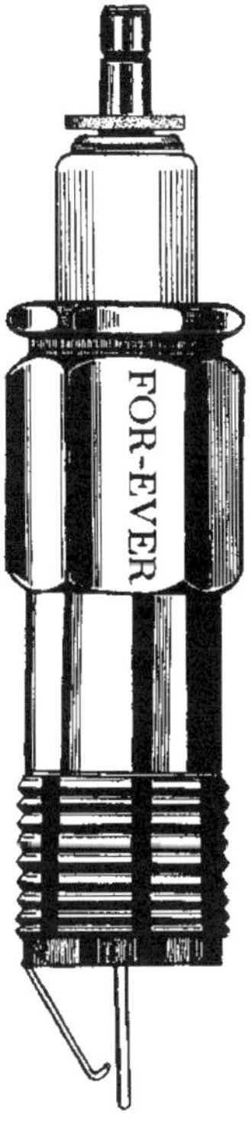

George Grosz

Tagebuchblatt für Oz

3. May 1918

auf einem Mal segeln die 4 Kirsten – in die Lüfte – das Grammo-fon – verstehste? spielt Mariette (Twostep von Couropuin-Sterny) mein Freund Roual grinst araberhaft, klemmt das Monokel (Moo-noo-k-le!) in die Falte, zwischen seiner brutalen Fresse und dem schiefsitzenden Auge – Succi, Putzmacherin, Monte Carlo bereist, aus uraltem Geschlecht (niederbayrischer Adel, letzte Linie) träumt vom Hôtel des Écoles, gerade schwindet Bols davon, indeß Henry Bing und Friedrich E. unten patroullieren/ – aus der Straße der Freude, beim Boul' Edgar Quinet knallt ein Revolverschuß – heidi, hast du nicht gesehen. Friedrich steht der Schwanz, sein Pierrotgesicht sieht aus wie Ramschware – jedenfalls aßen wir bei Poillard noch Muscheln – es war 1/4 drei!

Nerlinger sumpft in den Ecken, erloschenen Auges versucht er krampfhaft, den Rest Slibowitz in die trockene Kehle zu gießen – Succi und Ernst tanzen, immer wieder gelüstet es mich – Succis Popo zu kitzeln (den Popo derer von Eyzing, letzter Sproß aus uraltem Geschlecht) Succi, mit festen Grundsätzen und durchaus positiv, beißt mich in die Schulter – wenn sie nur eben ihre grauen Seidenstrümpfe anhätten/ – am Savignyplatz liegt Eva im Bett und träumt! – Querschnitte meine Herrschaften, Querschnitte/ allzumal sind die Menschen Schweinehunde Roual du Sau, dir hau ich die Fresse entzwei – !! bauz! Nerlinger kotzt aufs

Louis Philippe Sofa! Alberts, ach psychopathischer Alberts – ja, ja, – wir Elsaß und Lothringer/ – Nerlinger kotzt wie ein Stint! – Succi tanzt – Impression – $^3/_4$ 4 – Nerlinger ist sanft entschlummert, indessen bediene ich Schnaps & Grammofon – der berühmte brasilianische Tango banjot durch den Keller – Südamerika wird Paradies, Succi wird toll und exhibitionistisch – Kleider runter – !! Alberts vermittelt – indeß Rita Andexer (Kerstens Frau!) schon längst aufgegeilt in Spitzenhosen tanzt (doch gerade da läßt's mich sicher kühl) – doch übernehme ich keine Garantie – sicher! beim Grafen Cagliostro! St. Germain lebte 500 Jahre machte Gold, besaß den Stein der Weisen und fuhr nur 6spännig – es gab aber noch keine Brownings und Edison war noch ungeboren – dahin mußt Du Dich entwickeln – Oz!
Freunde! sechsspannig fahren!! / aha – der Mann im Frack! und Succi, bizarrste aller Modistinnen, die jeh bei Haas-Heye waren – zum Wohle! (N.B. Succi, bereits 2 Flaschen Port in sich – dabei hält das Aas sich baumgerade!) – Succi stell deine philosophischen Taschenspielereien ein – mich angelst du besten Falls durch deine Schenkel und deine Frisur (– letzter Schrei, wieder ganz glatt, ohne Knoten!) Arschlöcher – Aaschlöcher-a-a-a-a-aaaaaasch!!
Nerlinger gröhlt wie eine verbogene längst gestorbene Trompete – Alberts, du als Gastgeber – gieß dem obszönen Hund Äzkali auf den Schädel; oder schlepp ihn unter die Dusche – außerdem stinkt das Schwein nach gebratenen Zwiebeln und Kriegsgoulasch –
Die Bewegung geht fort – haha! als ob der Mann im

Mond nicht auch besoffen wäre – (singt:) falls – der – Mann – in dem Mond – on a moonlight night – you can find them all! – hallo – hier ist Alexanders Ragtime's Band – im Couplet jargon!*

Stern – Sternchen /// wohl tausend
weiße Sterne auf blauem Grund –
mir steht der Pint /// die Ladeluken sind
verschlossen, es dampft das Schiff –
die Succi tanzt kan-kan
geh sagt der Schorsch, laß mich nun auch mal ran!
wann wird der Frühling wieder milder scheinen
wann greif ich sommermüd mir dein Popo
ja wo mag denn des Lebens Sonnenhitze schöner
scheinen??
Somaliküste – Pintenheimatklänge!
das Kohlentrimmerlied dröhnt dumpf am Kai –
Frau Wirtin hatte einen Diener, der hatte nur ein
einz'gen

So geht das Leben munter weiter
gewöhnlich ist der Himmel grau
doch manchmal ist er eben heiter.
– Die Succi und die Eva – halli, hallo, hallo – halli!
– wir tanzen einen Phallustanz
wohl um den großen Ragtimeschwanz
die Stimmung ist gehoben
die Nummer wird geschoben – (Succi singt!)
– ach Buenos A – i – res – a – i – res!
la-la-la – la
la-la-la-la – la

(fährt fort leise schmelzend zu zirpen sincopierend)
ach – Bu – e – nes – A – i – res
am Itz taki hualtl da friert es
la-la-la – la!
– komm du brauner Mestitt – ze
schieb mir dein Glied in die Ritt – ze
la – la – la! – la – la – la!
la – la!

Maria d'Arezzo:
Flug

in der sonne
/der ersten sonne nach tagen und tagen endlosen
regens/
ich
wie lebendig und trunken von der frischen luft die
fast unverschämt
meinen hals und meine handgelenke durchwühlt –
meinen zierlichen körper fühle ich ungewöhnlich
wach
bündel elastisch vibrierender nerven *à son aise*
in der weiten tunika *bleu cendre* –
die entfaltet ihren fächer auf meinem kopf zu einem
goldenen strahlenkranz
wie auf den heiligenbildchen –
ich habe flügel –
aber ich könnte mich auch von jenem harten himmel
einfassen lassen

Ivo Pannaggi, Frauenakt, 1920

der von dem hellen blau einer majolica weiß ist
wie ein madonnenfigürchen –
endlich alle probleme bewältigt: heute bin ich wirklich ich –
mein gesicht mit seinem roten mund schwingt sich auf die spitze meines gelenkigen körpers und bietet sich dar wie eine rose sich auf die spitze ihres stiels schwingt und sich darbietet – mein freund, nimm den augenblick wahr strecke die hand aus und pflück mich –
all die probleme hab ich beseitigt weil ich ich bin –
zum teufel mit der *selbstbespiegelung* und all den sfismen –
je veux vivre, j'ai seulement une envie folle de vivre – voilà tout

Hugo Ball

Ein Pascha des Züricher Niederdorfs

Mutter Dudlinger, die Dame, bei der sich Herr Engel mit der Gesellschaft aus Chaux-de-Fonds ein so lustiges und vornehmes Rendez-vous gegeben hatte, Eigentümerin des Hauses, in dem auch Flametti wohnte, lag ihrer Gewohnheit gemäß unterm Fenster, als die beiden Männer in die kleine Gasse bogen.

Sie sonnte den Busen und lächelte ihnen mit einem wohlwollenden Nicken des Kopfes Willkomm zu.

Dieser Busen! Er nahm die ganze Breite des Fensters ein und drängte dabei den wahrlich ungraziösen, fast könnte man sagen plumpen Körper zurück, der auch seinerseits aus dem grauen, schmuggeligen Hause heraus nach Licht und Sonne begehrte.

Diese Brüste! Sie blähten sich auf, quollen über, und nur mit Mühe hielt sie der speckige Rand der schwarzen, zusammengehaftelten Kammgarnbluse zurück, sich über die Fensterbank auf das holprige Pflaster zu stürzen. Die Sonnenstrahlen vom Giebel des Automatenrestaurants kamen der Bluse zu Hilfe. Steil stellten sie sich – es war Mittag – gegen besagte Fleischesfülle.

Mutter Dudlinger allein schien nichts zu bemerken vom Widerstreit ihrer Massen im Kampf ums Licht. Harmlos und freundlich lag ihre Seele gewissermaßen zwischen Busen und Körper mitten inne und schaute, umhegt von sanft hängendem Speck, aus listigen Äuglein gutmütig heraus.

Flametti grüßte hinauf, den Kopf stark in den

Nacken gebeugt. Die Gasse war eng. Und Herr Engel ebenfalls grüßte hinauf, rief wie Flametti »Salü!« und griff an den Hut.

Mutter Dudlinger streckte den Kopf aus dem Fenster, schluckte den Speiserest, der sich vom Mittagessen unversehens noch irgendwo zwischen den Speicheldrüsen gefunden hatte, und verfolgte voll Sympathie den Eintritt der stattlichen Männer in ihr gastfreies Haus. [...]

Und siehe da: zwei junge Damen kamen, aus Bern, zu Fuß, eine schöner als die andre. Das waren Fräulein Güssy und Fräulein Traute.

Fräulein Güssy lang, überlang, so was Langes haben Sie noch nicht gesehen. Vorne platt wie ein Nudelbrett. Mit langen Zugstiefeln, großen dunklen Kuhaugen und langen, wehenden Armen: zwanzig Jahre. Fräulein Traute kräftig, rosenrot, Hakennase. Stets kichernd und schamrot über den eigenen Busen, der prall und anbötig vorn abstand, und den sie stets eifrig bedacht war, mit beiden Händen über die Hüften hinunterzuglätten: achtzehn Jahre.

Und Flametti sah sie an mit einem Auge voll Wohlgefallen beide. Und all dies Weiberfleisch wurde einquartiert zu Fräulein Rosa, hinter den Bretterverschlag, zu den Turteltauben; wurde als Lehrkraft dabehalten, und suchte sogleich mit Eifer sich nützlich zu zeigen.

Und Besuch kam nachmittags: Fräulein Raffaela, Tänzerin, und Fräulein Lydia, Tänzerin; beide vom Zirkus. Mit ihrer gemeinschaftlichen Mutter Donna Maria Josefa.

Francis Picabia, Afrikanische Statue und Frau, um 1928

Donna Maria Josefa war eine sehr preziöse Dame. Sie setzte beide Hände trommelnd auf die Tischplatte und ließ ihre Augen schweifen, ohne den Kopf zu bewegen.

Ihre Nase war etwas gerötet von Frost. Ihr Gesicht beherrscht. Ihre schmalen, behaarten Lippen verbargen ein Gebiß, das mit wahren Haifischzähnen besetzt war. [...]

An den Türken dachte Flametti nicht mehr, seit er Indianer geworden war. Aus dem Opiumhandel war nichts geworden. Desto besser. ›Wenn nicht, dann nicht!‹ hieß es in einem Couplet der Soubrette.

Dafür hatte Flametti jetzt selbst einen Harem, und gewissenhaft war er darauf bedacht, seiner Illusion Greifbarkeit zu verleihen. Einteilte er seinen Wigwam in drei Gemächer.

In der Mitte die Stube wurde das Häuptlingszelt, wo man Beratung pflog, Botschaften empfing, Mahlzeiten einnahm, Siesta hielt. Das Schlafzimmer rechts davon ward zum Gemach der obersten Lieblings- und Hauptfrau. Der Bretterverschlag links Kemenate der Favoritinnen und Nebenfrauen.

Das ideal in der Mitte gelegene Hauptgemach erregte zwar den heftigen und unverhohlenen Widerspruch der Lieblings- und Hauptfrau, aber Flametti ließ sich nicht beirren, und bald hatte er es denn auch dahin gebracht, den Begriff seiner männlichen Würde und Überlegenheit von den Kebsweibern akzeptiert zu sehen. [...]

Nicht soviel Anpassung. Mehr Würde. Magie. Nicht soviel Worte. Mehr lautlose Tat. Im ganzen: Vereinfachung. Wucht.

Und eines Morgens, als Flametti, in Träume versunken, vor die Tür seines Wigwams trat, im vollen Waffenschmuck, mit vergifteten Pfeilen; den Rauch seiner Pfeife blasend nach den vier Windrichtungen: erhob sich ein solches Gekreische, Gelächter und Girren im Lattenverschlag bei den Tauben, daß Flametti beschloß, ein Exempel zu statuieren.

Heraus sprang Feuerschein aus dem Bett, im Hemd, mit Bravour, und hinüber zum Lattenverschlag.

Das Weiberfleisch balgte sich in den Betten.

Drein fuhr Flametti mit derber Hand und lüpfte die Decke.

Es leuchtet der Mond in der Gondelnacht
Blank, blänker, am blänksten.

Und Flametti griff zu und es klatschte.

Und die Lange flüchtete aus dem Bett. Und die Dralle mit dem geschamigen Busen schrie. Und die, die es traf, Rosa, die Sklavin, rang die gefalteten Hände, und flehte und sträubte sich fruchtlos gegen die sehnigen Häuptlingsarme.

Stolz kehrte Flametti zurück, die Brust geschwellt von männlichem Furor, die Augen gerollt vor strahlender Lust, und sagte zu Jenny, die neben ihm lag: »Die sollen mich kennenlernen!«

Johannes Theodor Baargeld,
Venus beim Spiel der Könige, 1920

Georges Ribemont-Dessaignes
Liebesnacht

Das Auge der Vernunft
Schwankt und tanzt Walzer
Und das Zeichen zwischen den Beinen der Frauen
Öffnet sich
Für die goldenen Blumen der Gerechtigkeit.
Der Darm aus weichem Zinn
Wälzt flüssige Gefühle
Scheidet Küsse aus
Auf heiße Hände mit
Von der Nacht geschwärzten Nägeln.
Das Genick birgt
Die von Schweiß genährten Ratten und die Tränen-
wasserratten,
Schon verfault und grün.
Die Finger Gottes auf den Flanken
Und die Zähne der Revolte
Sind auf beiden Seiten des Hasses;
Zwischen beiden trinken die Brüste vom Tierkreis
Wie Molke.
Der Atem alter krepierter Erinnerungen
Auf zwei toten und kalten Schenkeln.
Wenn auf dem Feld ohne Morgenrot
Die Sonne wiedergeboren wird
Und die Feuchtigkeit des Todes
Verdunstet,
Wurzeln der Sterne
Nackte Sirenen,
Werdet ihr durch die Zungenschraube

Die bekleidete Wahrheit emporspritzen lassen
Aus dem Fontänenmund
Des folgenden Tages.

Mina Loy

Gesänge für Joannes

I

Laich von Fantasien
Verschlammt das Schätzbare
Schweinchen Cupido   sein rosafarbener Rüssel
Wühlt im erotischen Abfall
»Es war einmal«
Zieht an einem Unkraut   weiß mit Sternenspitze
Zwischen wildem Hafer   gesät in Schleimhaut

Ich würde   ein Auge in Bengalischem Feuer
Ewigkeit in einer Himmelsrakete
Sternbild in einem Ozean
Dessen Flüsse nicht frischer fließen
Als ein Speichelfaden

Dieses   sind verdächtige Orte

Ich muß in meiner Laterne leben
Unterschwelliges Flackern zurückstutzen
Jungfräulich   gegenüber dem Blasebalg
Der Erfahrung
Farbiges Glas

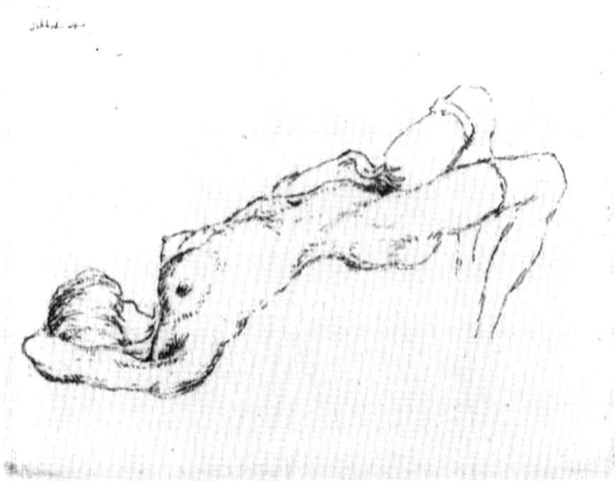

Reinhold Rudolf Junghanns, Selbstbefriedigung
Emmy Hennings, 1913

IX
Als wir unsere Augen
Zur Liebe aufschlugen
Ein Kosmos
Aus bunten Stimmen
Und lachendem Honig

Und Spermatozoiden
Im Kern des Nichts
In der Mondmilch

XXV
Den Arno leckend
Die kleine rosige

Zunge des Abendrots
Vermischt sich mit unseren Wimpern
– – – – – – –
Wir fingern daran herum
Immer im Kreis
Schneller
Und werden zu Maschinen

Bis die Sonne
Im Scheinen versinkt
Einige von uns schmelzen läßt
In abgrundtiefe Taubenschläge
Leidenschaft hat sich
In Wärme gebohrt

Ein paar von uns
Wachsen zur Höhe der kühlen Ebenen
Und schneiden unseren festen Halt
Mit Stahlaugen

XXVI
Unsere kleinen Prüderien vergießend
aus Spaltaugen

Wir bewegen uns schüchtern
Zur Natur
– – – dieser zornigen Pornographin

DAS GESCHLECHT DADAS

Walter Serner
Letzte Lockerung

1° Um einen Feuerball rast eine Kotkugel, auf der Damenseidenstrümpfe verkauft und Gauguins geschätzt werden. Ein fürwahr überaus betrüblicher Aspekt, der aber immerhin ein wenig unterschiedlich ist: Seidenstrümpfe können begriffen werden, Gauguins nicht. (Bernheim als prestigieuser Biologe zu imaginieren.) Die tausend Kleingehirn-Rastas embêtantester Observanz, welche erigierten Bourgeois-Zeigefingern Feuilletonspalten servieren (o pastoses Gepinkel!), um Geldflüsse zu lockern, haben dieserhalb Verwahrlosungen angerichtet, die noch heute manche Dame zu kurz kommen lassen. (Man reflektiere drei Minuten über die Psychose schlecht behandelter Optik; klinisches Symptom, primär: Unterschätzung der Damenseidenstrümpfe; sekundär: Verdauungsbeschwerden.)

43° A-a-a-aber die Liebe? Der Sentimentale (Mousta-Schale) macht aus einer Gans einen Schwan. (Das ist die Liebe.) Und dies, dieweil er doch nur *sich* am deutlichsten empfindet. Der andere (der Kontemplatte) bekommt (hastenichjesehn) – Gedanken und schreibt sie seiner Ida zu … Erotik? Sexualersatz. Der Instinkt ist heiß, das Knie ist kalt. Das Hirn erbarmt sich und macht den müden Nerven Vorstellungen. Bestes Theater … Die Geistportiers, welche derzeit in Mitteleuropa mit der Stiltrompete grassieren, geben tonschwer von sich, man habe spätestens mit Dreißig mit seiner Erotik fertig zu sein. Was restiert? Der Jeist, he? Halunken! Aber man besehe sich ihre Damen! … Mimikri … Auch diejenigen mit dem strahlenden Blick erreichen ihn nur dadurch, daß sie die komische Geduld aufbringen, sich unentwegt zu bemühen, ihm (hopp!) – Tiefe abzugewinnen. Zwar macht ohnehin jede Frau sich über den Gestalter (Mimikrist), der sie ehelichte, lulustig; aber auch die, welche den strahlenden Blick ins Bett bekam, läuft nicht unblamiert gelegentlich allein herum: »Es ist doch ganz gleichgültig, wie oft ein Mann …« (Madame rötet sich!) »… das sagt auch mein Mann, ja.« Nur *er* sagt es, ma pauvre; denn keine Frau sagt, was sie denkt, sondern nur, was ihr einfällt, und das ist von ihrem Mann (wie?) … Wie leicht ist es doch, eine Frau davon zu (hm) – überzeugen, daß die Sexualität das einzig Sichere ist! Und wie schwierig, sie ihr verächtlich zu machen! Daß dies dennoch, auch heute, geschieht: die Männchen sind genötigt, sich etwas Geist anzuschaffen, damit die Zeit vergeht, (die so eigentlich zum Verzweifeln ist!) … Weniges ist wohl amüsanter als dieses Gequassel (Stiltrompete), das Madame den Leo begehrenswerter machen soll. Aber es gelingt nur so so. Es schläft sich eben doch nicht besser mit einem Denkerich.

44° Sachliches in die Rippen! SEHR Sachliches!!! … Die Betrachtung der riesigen alten Ritterrüstungen; daß Kerle wie Casanova und Henri IV. mit ihrer Lues sehr gut fertig wurden: eine Promenade durch europäische Städte assoziiert Ritter von der (wie bitte?) – traurigen Gestalt … Es ist gegenwärtig in jeder Hinsicht empfehlenswert, auszusterben. Man weiß heute nicht mehr, was man mit IHR après anfangen soll (o die öden Pausen!) Es war einmal eine Zeit, allwo es kein Après gab, meine Herren Lyriker. (Die Indianer sind noch heute spirochätenvirulent, aber gesund!) O daß die alten Instinkte geblieben, die ihnen entsprechenden Vitalitäten jedoch abgegangen sind! Jene waren ehemals perpetuierlich beschäftigt; man hatte gar keine Zeit, sich zu langweilen (zu trompeten): man atmete bis in die Lungenspitzen, koitierte, jagte, fraß, raufte, soff, koitierte, schwamm, grunzte, koitierte, schlief und der Tag war hold zu Ende. Nunmehr vazieren die Instinkte von den vierundzwanzig Stunden vierzehn, die dem (still!) – Berufsleben dienen oder der (ffft!) – Kontemplation, welche die sonnige Aufgabe hat, dem Herrn die Instinkte so fein auszureden, daß er sich zu glauben vermag, er sei zwar ein toller Kerl, aber so gescheit, sich zu unterlassen. Affen! Entartete Affen!! Miserable Affen!!!

45° »Was tuen wohl die Engelein, so sie nicht singen?« Lieber Jakob Böhme, sie beächzen sich sicherlich, so sie nicht … (Kein Geringerer als der Schafskopf Dante …)

48° Venusblicke sind das einzig Sichere. Dämonie ist ein Rindslendenstück. Bettgeisttrompeten sind Barba-

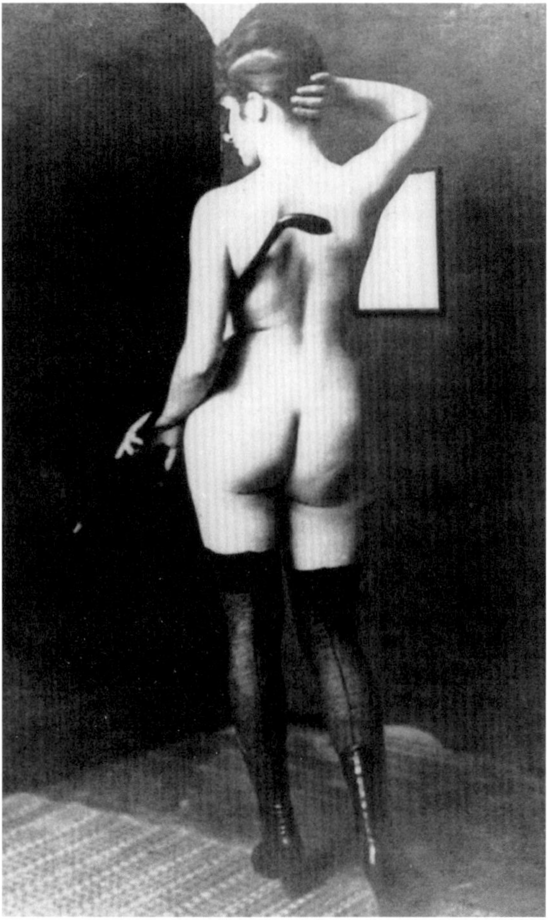

George Grosz, Eva Peter im Atelier, 1920

raien. Die Seele ist kein Brückengeländer. Die Liebe eine Schwanerei.

59° Lust ist der einzige Schwindel, dem ich Dauer wünsche.

61° Lust ist alles. Meisterwerke sind keine Wiesenbenützungen. Leidenschaftlichkeit ist Talion. Witze sind Inzeste. Die Moral ist ein Kettenhandel.

Kurt Schwitters

Unsittliches i-Gedicht

Der Künstler erkennt, daß in der ihn umgebenden Welt von Erscheinungsformen irgendeine Einzelheit nur begrenzt und aus ihrem Zusammenhang gerissen zu werden braucht, damit ein Kunstwerk entsteht, d.h. ein Rhythmus, der auch von anderen künstlerisch denkenden Menschen als Kunstwerk empfunden werden kann.

Unsittliches i-Gedicht

Dames-Hemden . . . .
Dames-Pantalons, fransch model
Dames-Pantalons . . . .
Prima Dames Nachtponnen . . . .
Dames-Combinations . . . .
Heeren-Hemden, zwaar graslinnen
(aus einer holländischen Tageszeitung)

Lesen Sie das unsittliche i-Gedicht. Ich habe erkannt, daß bei einer Zusammenstellung von Damenunterzeugen plötzlich ein Herrenhemd unsittlich wirkt, selbst wenn es aus graslinnen ist, und daß in der Aufeinanderfolge der betreffenden Worte von Eigenleben, wie sie da standen, ohne Angabe der Verkaufswerte, derenthalben das Ganze eigentlich geschrieben war, ein künstlerischer Rhythmus lebte. Assis sur l'horizon, les autres vont chanter. Les autres sind die Wäschehandlung. Vont chanter ist gleich der Preistabelle in der Tageszeitung. i ist das Abschneiden der Preise und das Erkennen des Rhythmus und der Unsittlichkeit.

Daimonides
Lehrsätze zur transeuklidischen Erotik

Alexander Bessmertny gewidmet

Ewige Treue ist die einfache Infinitesimalrechnung des Herzens.

Platonische Liebe ist die Asymptote zu den Kurven der physischen.

Eifersucht gilt als Diskriminante für absolute oder nur relative Zuneigung.

Der Hausfreund fühlt sich als das eindeutig determinierende, daher nicht mehr beliebige, Stück in der Trigonometrie der Ehe.

Heiratsvermittlung spielt Kombinatorik mit erotischen Charakteren als Elementen.

Das Neigungsverhältnis ist das psychologische, die Ehe

das juridische Koordinatensystem aller möglichen Sexualbeziehungen.

Der Blick durchs Monokel auf die »Linie« der weiblichen Figur ist die Kurvendiskussion des Kavaliers.

Liebesintriguen sind Kinderschulbeispiele zur Funktionentheorie der Sexualität.

Die Gattin ist die Konstante, die Zofe die Abhängig-, die Kokotte die Unabhängig-Variable in der Monogamimik.

Unschuld ist die Einheit aller imaginären Größen, die $\sqrt{-1}$ in den Formeln für erotische Beziehungen.

Verlobung ist naive Anwendung der Wahrscheinlichkeitsrechnung auf Erotik.

Im Lustgreis sträubt sich die Sexualität gegen ihre eigene Konvergenz nach Null.

Johannes Theodor Baargeld

Das ding an sich und das ding an ihr

Das ding an sich und das ding an ihr
Der mensch ist der beste freund des weibes.

–

Die liebe auf dem zweirad ist die wahre nächstenliebe.

–

Die axt im haus erspart den bräutigam.

–

Wer gegen den wind spuckt, besudelt die eigene mathilde.

–

Nieder mit der kompakten majoritat der damenschneider.

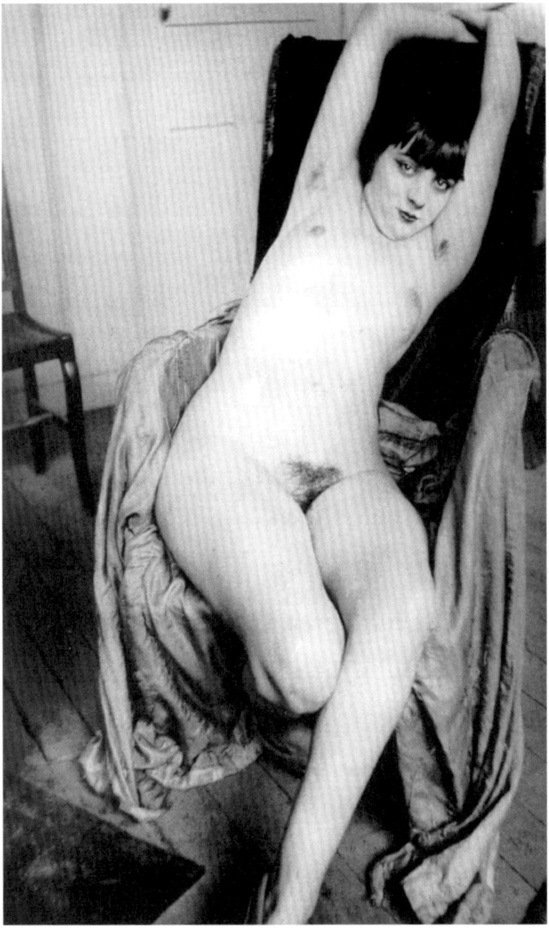

Man Ray, Kiki de Montparnasse, 1922

Francis Picabia
Frage der unsichtbaren Kontakte

Infizierende Kontakte, desinfizirende Kontakte, die Gesellschaft existiert zum Teil durch die unsichtbaren Übertragungen.

Die Liebe ist ein durch Behexung infizierender Kontakt, sie will zuerst die Umgebung der geliebten Person töten und dann, ganz langsam, das geliebte Wesen selbst.

Schwarze Messe
Fleischeslust
Den Steiß küssen
Dämonismus
Usw., usw., usw. …

Der Phallus ist exoterisch in einem Bett und meistens esoterisch auf der Straße. Wenn wir unseren Pfeil nicht auf unsere Schwestern, unsere Mutter, unsere Freunde, auf schöne Tiere richten, dann ist es wegen unserer Erziehung, die eine Spezialität bequemer und gesünder findet: die Liebe mit einer legitimen Frau im Okzident, während die Orientalen uns das Spektakel eines Hühnerhofs bieten, dessen Hahn weniger entwickelt ist.

Francis Picabia
Liebe von Intellektuellen

Sie ist genau dieselbe wie bei den anderen Individuen, was sie scheinbar verändert, ist, daß beide Liebende

Voyeure spielen und zu den schlimmsten Suggestionen gelangen.
Die Über-Frau stellt das Institut dar.
Die Unter-Frau den Dadaismus.
Was die Männer betrifft, wollen sie alle Minister werden. Viele Männer tragen das Andenken an die Liebesabenteuer ihrer Frau im Knopfloch.
Die Kirchenglocken, das Geräusch der Wellen, der ruhige Spiegel des Meeres, der Mondschein, der Sonnenuntergang, das Gewitter – lauter Shampoo für den blinden Penis; unser Phallus sollte Augen haben, durch die wir einen Augenblick lang glauben könnten, die Liebe von nahem gesehen zu haben.
Die platonische Liebe gibt es nicht.
Die Liebe ist ein geschlossener Fensterladen in grauschwarz!
Die Liebe ist eine Gelegenheit, die verreist!
Die Liebe ist eine feuchte Wohnung!
Die Liebe ist ein Brunnen auf einer Kathedrale!
Die Liebe ist ein riesiger Brand! usw., usw.
Die Liebe ist die zusammengefaßte Bezeichnung für das Bild der Kinderproduzenten.
Die Liebe erdrückt einen …
Die Liebe kann Bewunderung oder Mitleid sein!
Die Liebe ist oft eine ökonomische Bequemlichkeit.
Unter der Wirkung von Kokain vergrößert sich die Liebe übermäßig, also ist die Liebe eine reine chemische Reaktion, die sich im Kontakt von unsichtbaren Strömungen zeigt, wie die Reflexe eines toten Frosches.

Marcel Duchamp, Die Braut von ihren Junggesellen entblößt, sogar, 1915–1923

Marcel Duchamp

Die Braut

Skelett.
Die Braut ist in ihrer Grundlage ein Reservoir von Liebesbenzin. (oder Schüchternheit–Kraft). Die Schüchternheit–Kraft, auf den Motor mit schwachen Zylindern verteilt, explodiert im Kontakt mit den Funken ihres konstanten Lebens (Magneto–Verlangen) und bringt diese am Andpunkt ihres Verlangens angelangte Jungfrau zur Entfaltung.
Außer den Funken des Magneto–Verlangens, müssen auch die von der elektrischen Entkleidung erzeugten künstlichen Funken im Motor mit den schwachen Zylindern Explosionen hervorrufen. [...]
Der 2. Takt (künstliche Funken der elektrischen Entkleidung) befehligt den Uhrwerk-Apparat, graphische Übersetzung der Entfaltung in der Entkleidung durch die Junggesellen. (den stechenden Ruck des großen Zeigers der elektrischen Uhren ausdrückend.)
Die Braut akzeptiert diese Entkleidung durch die Junggesellen, da sie den Funken der elektrischen Entkleidung das Liebesbenzin liefert; mehr noch, sie verhilft zu einer völligen Nacktheit, indem sie dem 1. Funkenherd (elektrische Entkleidung) den 2. Herd der Funken ihres Magneto–Verlangens beifügt.

I.K. Bonset

Das andere Gesicht. Mann und Frau.

Der Mann erkennt das Leben als Vorstellung, manchmal sogar als Begriff. Die Frau erkennt das Leben als Wirklichkeit an, eine Anerkennung, die sich im Umfang der Mutterschaft projiziert. Darum kommt die Frau nie über die Wirklichkeit hinaus. Das Leben ist hier Tatsache. Vermehrung die Bestätigung der Tatsache. Damit ist die Vorstellung und gleich auch die Erkenntnis ausgeschaltet. So manifestiert das »Weibliche« sich als natürliche Aktivität, als Form.

Insofern das Männliche daran teilhat, kann die Frau, durch Intuition, Erkenntnisse erwerben, aber dies ist nicht (universell) begründet. Deshalb gibt es auch keine weiblichen Denker, Systematiker, Künstler usw.

Die geistige Tätigkeit, das Fortwährend-von-sich-abstoßen des Lebens, befähigt den Mann, seine abstrakte Lebenserfahrung zu realisieren. Das Übersinnliche wird sinnlich abgestimmt. Dieser Kampf auf einer höheren Ebene, diese Verneinung des Lebens als Tatsächlichkeit macht ihn unfähig für den Standpunkt der Frau: er wird hier mechanisch. Es ist nicht sein Ziel, den Lebensapparat wie ein Spielzeug fortdauernd aufzuziehen. Es ist sein »Müssen«, den Lebensapparat kaputt zu schlagen, – in welcher Form auch immer: als Wissenschaft (Mechanik, Bakteriologie, Chemie, Mathematik usw.) oder als Kunst oder als Leben oder als was auch immer, – um die Teile und Elemente voneinander zu trennen und diese nach den geistigen Gesetzen seiner Erkenntnis in anderen Beziehungen miteinander zusammenzubringen, zu einem neuen oder anderen Ganzen.

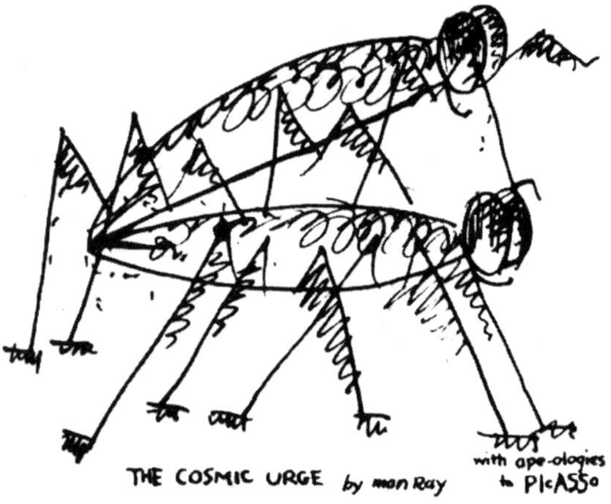

Man Ray, Der kosmische Drang, 1915

Theo van Doesburg – Hannah Höch
Popoismus

Theo van Doesburg
Es gibt für die abstrakten Künstler in Paris überhaupt nicht zu fressen. Jetzt geht es Mondrian besser, weil er schöne Blume malt wie Frauen und schöne Frauen wie Blumen. Gott verhütet daß ich auch zur Kompromis-

sen komme! Ich werde nur Popo malen, oder wie van Dongen tatsächlich Frauenpopo bemalen. So etwas wird hier rasch zur Mode und man kann sich ein kleines Auto leisten. Es soll doch wirklich kein Stolz dabei sein. Man muß doch etwas »neues«, nie-da-Gewesenes erfinden. Die ganze Rückgang in der mi-mo-malerei in Pi-pi-paris ist bloß Folge, daß die Leute für ihre Abstraktionen keine Käufer finden können. Das hat die ganze Bande (jetzt auch Léger, und Gleizes) ins Popoïsmus getrieben.

Hannah Höch

Auf die Popobilder darf ich nicht so sehr schimpfen wie ein anderer – erfreulich konsequenter Herr. D. [Doesburg] weil – wie Ihnen ja nicht unbekannt ist – ich mich nie völlig von den Popos entfernt habe. Ich bin mit einer gewissen Popoperspective geboren, und es hieße *mich* verleugnen wenn ich meinen Popo verleugnete. Es gab in meinem wechselreichen Leben sozusagen Dadapopos, ex- und anders -istische Popos. Drum – seien Sie nicht böse Does – (ich bin eben eine Frau mit dem Recht opportunistisch zu sein) – nein aber weniger fanatisch, auch in künstlerischen Dingen nicht sacramental. Es lebe – wie Alles andere auch der [Popo]isme.

Hugo Ball
Die weiße Qualle

I
Dein Leib, vielgliedrig, ist ein tierhaft Gewächse aus Fleisch.
Fischer haben entsetzt dich heraufgezogen in ihren Netzen:
Eine menschliche Qualle, ein Fabeltier, eine weiße Spinne.

Händler haben dich auf den Markt geworfen und ausgeschrieen.
Einen Palast aus Bambus hat man dir aufgebaut.
Ein Gehäuse hat man dir hergerichtet voll Seltsamkeit.

Du liebst es, nackt ausgestreckt auf dem Rücken zu liegen
Stunden- und tagelang. Du heftest nur widerwillig dich an das Herz
Der Männer. Langsam ist dein Umschlingen. Langsam dein Austasten.

Aber dann saugst du dir unerbittlich die Nahrung.

Hirn und das Herz und ein wenig Lunge. Dein Leib
bleibt kühl,
Nur daß er mit Rosen schwillt, durchsichtig, und
duftet nach Tang.

Oft auch ist dein Gemach eine glitzernde Fläche aus
Tränen.
Dann sehnst du dein fernliegend Reich zurück und die
Zymbeln der Sonne,
Phantastischer Träume voll, die von den Zähnen dir
klingen.

So bist du ein Abenteuer, das roh in den Alltag
verschleppt ward.
Feuer auf Goldgrund. Affen und grüne Geigen und
Unzuchtsbäume.
Der Himmel ist deinen schiefen Augen eine
brennende Glasmalerei.

Du hast deinen Kelch geöffnet. Du bist eine
Raubblume im Käfig.
Du hast deine Fingerspitzen mir an die Schläfen
gesetzt.
Ich taumle hernieder, von Wahnsinn getroffen, und
zittre im Fallen.

II

Ich will dich Meer nennen, wenn unsre Liebe stammelt
Und du mich stößest gleich einem haltlosen Schiff.
Das auf Wogen der Wollust schaukelt.

Mit deines Rückens blanker Geschmeidigkeit
Sollst du das Bett uns glätten, daß es sich wölbend
schließt
Über uns wie die Muschel sich schließt über Perlengut
Das im Scharlachbaum der Korallen hängt.

Deine gewölbten Zähne blinken wie ein
Türkishalsband.
Deine Brüste stehen da wie die Tortürme
Einer bestürzten Stadt, die den Feind erwartet
Aus der Ebene.

Dreimal geöffnet ist mir dein Leib, in Reife
dahingestreckt
Mit tauglänzenden Gliedern, daß er geplündert werde.
Du bist sehr wirr und voller Taumel und läßest den
Feind ein.

Aber ich liebe dich, weil dir der Brunnen des Lebens
Jauchzt in der Brusthöhle, selig und übersüß.
Weil du mein Becken der Qualen bist, das ich lachend

Umschließe mit meinen Armen. Du bist nur ein Schrei
noch.
Ein in Musik gebrochener. Und du wirst Worte finden
Lieblich und klein wie die Veilchenschar, die
versammelt ist
An den Abhängen der Kalkfelsen.

Emmy Hennings

Die vielleicht letzte Flucht

Tiefe Nacht. Still. In einer fremden Stadt ein steiles Zimmer. Eckig.

Mattes Kerzenlicht flackert.

Dämonisch öffnet sich eine Tür.

Zwei Wesen sitzen einander gegenüber. Ein Mensch und die Frau.

Der Mann (sich in zwei graue Seen versenkend, die auch unruhig waren) spricht: »Ich möchte Dich ansehen. Immer ansehen – ganz genau ansehen. –«

Die Frau (langsam und gedehnt): »Ich glaube man soll nichts genau ansehen. Nur nicht genau ansehen. Ich glaube – –«

Der Mann: »Du glaubst, sagst Du?!«

Die Frau (zögernd): »Ja. Mir erscheint alles zweifelhaft. Alles fraglich. Vielleicht –«

Er (wie trinkend): »O sprich zu mir – ich höre!«

Sie (verzehrend, mit abgerissener Gebärde): »Nimm mich! Nimm mich!«

Sie fielen in einander. Sie flog ihm zu …

Später griff er sofort nach einer Cigarette.

Sie lächelte leise (ein Lächeln, das umso süsser wirkte, weil es selten war): »Ah! Du bist einer von denen. Hm. Sofort neue Reize.«

Er: »Ein anderes Thema.«

Seine Augen blickten kühl. Um die Lippen, boshaft schmal, irrte ein graues Lächeln. Das Lächeln des Mörders.

Kurt Schwitters, Merzplastik,
Der Lustgalgen, 1920

Sie sah entgeistert auf seinen offenen Mund. Seine Augen kniffen sich zynisch zusammen.
Da schlug es in sie. Augen brannten in einander. Saugten sich fest. Da erkannte sie ihn. Hinüber und herüber ein geheimes Zeichen.
Er: »Ja. Ja. … ich bin derjenige – – –«
Sie zitterte. Sie fiel schüchtern in seine Hände. Und dann zu ihm aufblickend und hingeworfen gestreckt:
»Dir leb ich – Dir sterb ich.«

Und wieder dieses graue Mörderlächeln um seinen schmalen Mund.

– – Am andern Tage trafen sie sich.

Er fragte: »Wie geht es Dir?«

Und sie starb, weil sie sich beobachtet fühlte.

Walter Serner

Manschette 9

(Elegie)

Sprich deutlicher

Ein gelber Spazierstock rutscht mir quer durchs Haupt
Es ist in allen Kellern
heller als in meinem Darm

Sprich deutlicher

Ich höre gerne den Hieb auf nackte Babyhintern
seit es dich entzückte
wenn ich davon wirbelte bloß
O warum nicht sich langsam streicheln
Stiefelknechte still verzückt begrüßen
jenseits jeder bürgerlichen Küche

o sprich deutlicher

Mach platzen deinen feisten Dreckhügel
ob deinem Bauch
durch ein gewaltiges metaphysisches Rülpsen

Edgar Firn

Bibergeil

I.
Wie liebt ich dich so wild und so korrekt
in jenem Wald der dunklen Pithyusen,
als irr dein Mund auf exaltiertem Busen
mich teils geküßt, teils gierig aufgeschleckt!

Wie wühlte ich in deinen Prachtkorsetten,
darauf Astartens Sinnfiguren glühn,
und wie beglitten unsre Zigaretten
die Probenacht honett und misogyn!

Nichts irdischer Kosmetik kann sich messen
mit deines Schenkels Vermouth-Cantilene.
Dein Hündlein selbst verlangt nichts mehr zu fressen,
seit es das Blut geschmeckt aus deiner Vene.
Ich möchte dich mit Himbeersaft begießen,
vermischt mit seidnem Pfeffer von Cayenne.
Ich möchte dich im Schlummerpunsch genießen
und schlürfen wie die Auster von Marennes.

An dich nur denk ich, wenn in meinem Bette
die kleine Singhalesin hold für mich entbrennt.
Von dir begehr ich eine künstliche Doublette
mit zarter Haut aus dünnem Pergament.

XIII.
So liegst du da: herzinniglich ermordet,
noch hämisch zuckend mit dem linken Bein,

George Grosz, Umschlag zu Edgar Firn, Bibergeil, Pedantische Liebeslieder, 1920

das Antlitz starr, abgründlich überbordet
durch wüste Locken, stilisiert. – Sehr fein.

Dein Kehlkopf scheint (akustisch) mir zu strahlen,
schwachsinnig gurgelnd mit Madeira-Creme
in derb outrierten Wollustgutturalen. –
Ich überdacht ein gnostisch Theorem. –

Du rührtest mich mit deiner herzhaft kalten
leblosen Haut mit spöttischem Elan,
zerstörend mir die schönen Bügelfalten
meines Pyjama smart und bleu-mourant.

Julius Evola

Gelbkreuz

aaaa sinuoidalförmig
sie bevölkern die atmosphäre verschlucken euch bis an
die augen aber versucht nicht euch zu befreien denn
  die rosen
ficken euch die augenlider und ihr verspürt das heiße
  quecksilber der
desperaten passionspusteln die euch die brüste
  umschließen die brüste
semiramis ihr verspürt heißes quecksilber perlen sterbt
bis daß ich umfalle bis zur verabscheuung entsetzlicher
  sultan
sterbt ihr verspürt blut perlen es ist das
eure ihr habt davon mehr in den metallischen wäldern

fernab bebende kinder abfädelnd kleine blumen
der passagier ist unschlüssig und alle passionen
    verschlingen ineinander
die segel schwingen sich und die lichter aber die haare
lösen sich hinauszögernd eure seelen lutschend auf
nutzlos berauschen sich kleine schlangen im grünen
    gegen die syntax
(wohlan) samsâra
wie lange wie lange
was ein tanz zu dritt ist entschlingt sich auf
    Bladlaglabla denn familie
hinterfotziger parfums wird ganz wahnwitz und die
    wellen
ich verehre euch

Arthur Cravan

Siehst Du, die Teppiche werden Flammen schleudern

Siehst Du, die Teppiche werden Flammen schleudern
Die wertvollen Bilder, die anschwellenden Möbel,
Die rundlichen Truhen und ausgewogenen Anrich-
ten
Mit dem rötlichen Geflecht
Werden unsere vergoldeten Organe bis zum Rand
vollstopfen.
Die paralysierten Wände,
Werden die Saphire verschwinden lassen,
Leibesübungen machen,

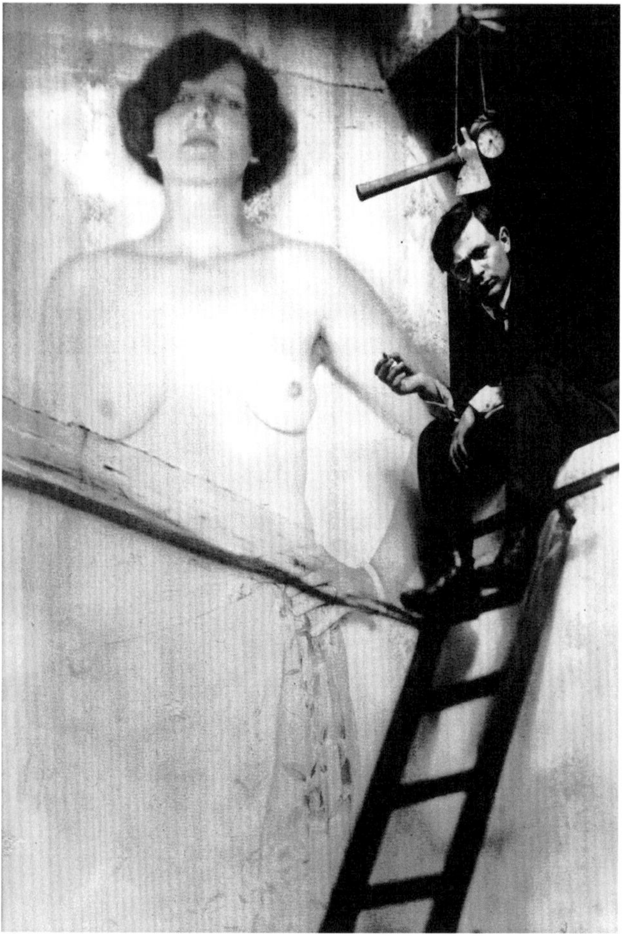

Man Ray, Tristan Tzara und Maya Chrusecz, 1921

Wie Ibisse und Tapire;
Auf den entzückten Sesseln
Mit unseren Schwimmfüßen,
Werden sich unsere zu schweren Brustmuskeln erholen
Und im Schnurren
Werden wir unsere Zungen,
Schmackhafter als Marennes-Austern, auskosten
Und im Satin samtene, teigartige Blähungen
Machen, banale Gedanken
Werden uns mästen wie Gänse,
Während unsere verbundenen Mägen,
Stärker als zwei Schuhe,
Die Wärme der Leber ausstrahlen
Und sich in der Morgendämmerung ihrer Eingeweide baden.
I say boy! here we are: Liverpool, das war die Stimme meines Managers.
Allllright.

Elsa von Freytag-Loringhoven

König Adam

Solcherart werden Eure Augen sein: zart – mit Vorhängen aus Glück –
Euer Mund – streng – die harten Muskeln Eurer
Kiefer entspannen im Schmerz –
Süß wie Tränen.
Atemlos – Euer Herz – atemlos Eure Kehle
erstickend –

Zurück wird es fallen in Eure Brust, an Eure Gestalt
hämmernd!
Schlagader hinter Euren rachsüchtigen Ohren –
entlang Eures rachsüchtigen weißen Nackens –
fliege wie die Seiten eines Blasebalgs.
Fleisch: kristallen – durchscheinend
Purpurne Lust in Eurem Herzen – Purpurn Eure
Augen!
Weiches Gummi Eure Knochen – schwach seid Ihr –
Kind!
Hirn verlasse Euch – Gesegnet – verlasse Euch – Sekunden Ewigkeit.
Euer Glanz: Messing – Kupfer – Schnee – glitzerndes
Mondgestein –
Glitz- ernd- Mondgestein
zern- des

Heiliger Antonius der Zweite – weiser als der Erste –
Sahest Einheit – Notwendigkeit – Opfer – – – Lust –
Kampf – Tod – Leben – Gottsatan – Satangott
Heiliger Antonius der Zweite – *Der Weise!*

Adam – Krieger – lächelt Stärke – Wissen –
Adam – *Neuer Mensch* – schreitet *leicht* – Freund der
Schlange – Trägheit verschwunden –
Adam – nehmt die Erde!

So ist meine Liebe: elektrisch fließend – Strom in
Deinem Draht – *Licht* zu machen –
Oh-h-h-h-h so ist meine Liebe!

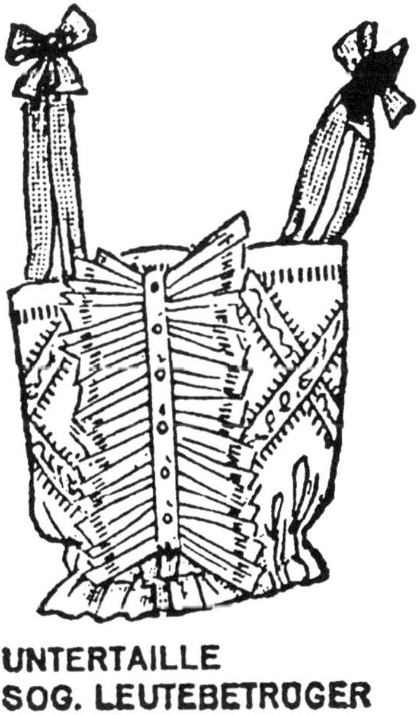

Kurt Schwitters, 1923

Küßt mich ... auf den funkelnden Hügel . . . . . .*
Adam – Meine Liebe!
Nachdem Ihr Eure fürstlichen Schätze in meinen fürstlichen Schoß verschwendet habt – verbleibt auf meiner Brust ein golden purpurner Ball – schwer von Gewicht Euer Haupt –
König Adam – Meine Liebe

* *dem Zensor gestiftet*

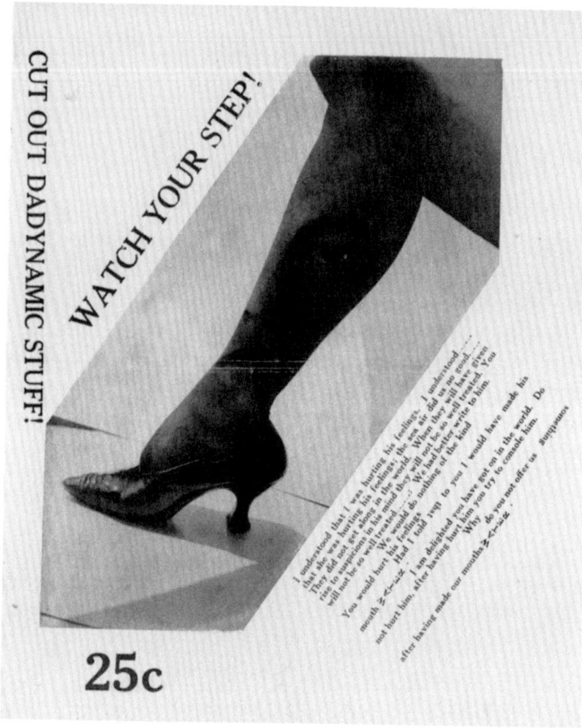

Man Ray: **Schneide dandynamisches Zeug aus**
Gib Acht auf Deine Schritte

Ich begriff, daß ich seine Gefühle verletzte. Ich begriff … daß sie seine Gefühle verletzte; die Seeluft tat uns nicht gut … Sie kamen in der Welt nicht zurecht. Wenn sie seinem Geist Anlaß zu Mißtrauen gegeben haben, werden sie nicht so gut behandelt werden. Du wirst nicht so gut behandelt werden …: Wir hätten ihm lieber schreiben sollen.

Wir würden so etwas nie tun.

Du würdest seine Gefühle verletzen.

Hätte ich dir das erzählt, ihm wäre das WASSER im Munde zusammengelaufen.

Es freut mich, daß du in der Welt vorangekommen bist. Verletze ihn nicht, nachdem du ihn verletzt hast, versuche ihn zu trösten.

Warum

bietest du uns nicht etwas an, nachdem du uns das WASSER im Munde hast zusammenlaufen lassen.

DIE HEILIGE JUNGFRAU

Hugo Ball
Der Henker

Ich kugle Dich auf Deiner roten Decke.
Ich bin am Werk: blank wie ein Metzgermeister.
Tische und Bänke stehen wie blitzende Messer
der Syphiliszwerg stochert in Töpfen voll Gallert und
Kleister.

Dein Leib ist gekrümmt und blendend und glänzt wie
der gelbe Mond
deine Augen sind kleine lüsterne Monde
dein Mund ist geborsten in Wollust und in der
Jüdinnen Not
deine Hand eine Schnecke, die in den blutroten
Gärten voll Weintrauben und Rosen wohnte.

Hilf, heilige Maria! Dir sprang die Frucht aus dem
Leibe
sei gebenedeit! Mir rinnt geiler Brand an den Beinen
herunter.
Mein Haar ein Sturm, mein Gehirn ein Zunder
meine Finger zehn gierige Zimmermannsnägel
die schlage ich in der Christenheit Götzenplunder.

Als dein Wehgeschrei dir die Zähne aus den Kiefern
sprengte
da brach auch ein Goldprasseln durch die
Himmelssparren nieder.
Eine gigantische Hostie gerann und blieb zwischen
Rosabergen stehen
ein Hallelujah gurgelte durch Apostel- und
Hirtenglieder.

Da tanzten nackichte Männer und Huren in
verrückter Ekstase
Heiden, Türken, Kaffern und Muhammedaner zumal
Da stoben die Engel den Erdkreis hinunter
Und brachten auf feurigem Teller die Finsternis und
die Qual.
Da war keine Mutterknospe, kein Auge mehr
blutunterlaufen und ohne Hoffen
Jede Seele stand für die Kindheit und für das Wunder
offen.

Richard Huelsenbeck

Chorus Sanctus

a a o　　a e i　　i i i　　o i i
u u o　　u u e　　u i e　　a a i
ha dzk　　drrr bn　　obn br　　buß bum
ha haha　　hihihi　　lilili　　leiomen

Dragan Aleksic
Geschehen 1918

Wie ein Derwisch bin ich nicht wenig umhergezogen
Bin gelangt elefantenschwer unter eine Marienfigur
Es ist mir gelungen auf ihre Brust zu schauen
Mein Gott, sie hat Brüste weiß unglaublich weiß.

Ich habe angefangen zur Mutter Maria zu beten
Ich bin zitternd ein lüsterner Räuber gewesen
Ich habe in die weiße Brust gebissen.

Mein Gott, ihr wißt selbst daß ich sehr schlechte
 Gedanken hatte
Ich habe gedacht: was für eine süße Grisette.

Walter Mehring
Der Coitus im Dreimäderlhaus
(Mein neuestes Gedicht mit einer Einlage:
Die neue Nationalhymne)

Peitsch Dir den Hintern lila, mein süßer Fratz
Mondschein die kahle Platte (und ich lausche dem
 Graswuchs)
Wo einst das Halali der Hofjagd – –
(Läuse sind phänomenalstes Dammwild)
Du Staatskokotte *Germania*
Mir krabbelt grad eine die Heerstraße lang
Wie einst im Mai nach Potsdam

da kann kein Kaiser und kein König
Nur graue Salbe
1,25 garantiert rein
Aus den ehemaligen Beständen der Schloßapotheke.
Hab Dir nich Kleene
Immer feste druff
(Sprach Prinz Eugen der edle Ritter
Pour le merite vom Gardekorps)
Und Zieten aus dem Busch
Auch die Republik braucht Soldaten
(Noske lächelt verschämt
Wenn der Deutschnationale schwarz-weiß flaggt)
Cäcilie mein Engel,
Lüfte das Hemd, Heut ist Kaisers Geburtstag
Wir machen 'ne Extratour
Nach Amerongen
Hintenrum
Alte 175er
Ich rechne auf Euch!
Regiment Reinhard wohldiszipliniert mit fünf Mark täglicher Löhnung
(Nicht zu verwechseln mit Arthur Kahane vom Deutschen Theater)
Und die Büchse der Pandora
Oder Allzeit
Schußbereit
Ja der Deutsche Soldat trifft immer ins Schwarze
Wo es am blondsten ist.
Sei gegrüßt Du mein schönes Sorrent
Ach kitzle mir mal am Hosenlatz
Mensch Ebert in Weimar!

Man Ray, Kunst-Stäubchen, 1915

Na Dickerchen willste mal
Letzte Liebe von Joethe
Kinder und Volksbeauftragte die Hälfte
Ohne Trinkgeldzwang
Ober 'ne Schale Jungfernhaut
Und tüchtig Melange drüber
Der Herr ist noch neu
Und denn rin ins Vergnügen!
Familienbad die Nationalversammlung.
Es braust ein Ruf wie Donnerhall
Wie Schwertgeklirr und Wogenprall:
Ein deutsches Weib, ein deutscher Suff,
Ach Männe hak mir mal die Taille uff!

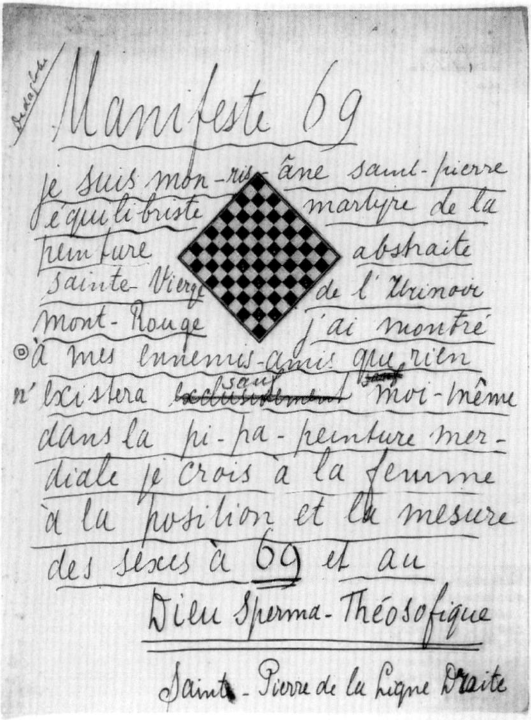

Manifeste 69

je suis mon-ris-âne saint-pierre
équilibriste martyre de la
peinture abstraite
Sainte-Vierge de l'Urinoir
Mont-Rouge j'ai montré
à mes ennemis-amis que rien
n'existera ~~exclusivement~~ sauf moi-même
dans la pi-pa-peinture mer-
diale je crois à la femme
à la position et la mesure
des sexes à 69 et au
Dieu Sperma-Théosofique

Saint-Pierre de la Ligne Droite

I.K. Bonset: **Manifest 69**

Ich bin Mein-Kalbsbries-Esel Petrus der Seiltänzer, Märtyrer der abstrakten Malerei, heilige Jungfrau des Pissoirs Mont-Rouge, ich habe meinen Feinden-Freunden gezeigt, daß außer mir selbst in der verschissenen Mi-Ma-Malerei nichts existieren wird; ich glaube an die Frau, an die Stellung und an das Maß der Geschlechter 69 und an den sperma-theosophischen Gott.
Der Heilige Petrus der Geraden Linie

Francis Picabia
Spermaschlote

Die Hammelkeule unter der Peitsche der Duschen im Kot
Erteilt hinter dem Vorhang im Frauenkloster Absolution
Der Körper symbolischer Goldwaschungen
Schlägt ein Kreuz auf ihrem Hintern.
Jesus König der Astronomie
Das Herz erhaben auf seiner Brust
Wie ein Rubin Pfandleihe
Ißt eine Blutorange.
Priester Erscheinungen Nachspeise der Wollüste
Eure reiche Kundschaft schlüpft in menschliche Stiefelchen.
Mein Penis hat die Form meines Herzens
Auf den Kopfkissen.
Liebkosen welche Krankheit
Aber Sie kommen doch bald wieder, oder?
Ein nackter Mann ist niemals arm
Vor allem, wenn er artig die Müdigkeit verloren hat.
Du mußt aufspringen, meine Liebste, und Deinen Sohn schänden
Onanie ist eine Theorie der Gebärden
Die den Dudelsack zusammenzieht.
Johanna von Orleans Tintenfaß
Ich habe Lust, Sie zu foppen, Leser
Nicht sehr.
Ich habe niemals Frauen unter einem Bett gesehen
Die ihre Beine zwischen ihre Brüste heben konnten.

Ich flehe Sie an, lassen Sie mich
Ich will, daß Sie die Leserinnenlenden beugen
Fürchterliche Verführerinnen
Denen ich die Sinne auspeitschen werde.
Ich keuche unter der Decke
Ich lösche die Katze aus die meine Hand umhüllt
Ich weiß wirklich nicht, warum diese Szenen aussehen
wie Fetzen.
Ich küsse Ihren Mund und kotze.
Der Tod soll eine erlesene Sache sein.
Ich bin lang.

1. PS:
Die Feuchtigkeit der Nachtlampen
Löscht das Jesuskind aus.
Ein rotgewandeter Kelch sieht nicht aus.
Eine dicke Brünette in der medizinischen Fakultät
Nahm den Schwanz eines Albinos
Sehr verärgert von diesem Kopf-Schwanz-Dreh um die
 eigene Achse
Macht sie sich wieder daran, die Straße zu untersuchen.

2. PS:
Seien wir lächerlich, nach oben vorgedrungen
Zu den fleißigen Kerzen.
Kein fotografischer Mut
Unsere Haare werden von wohlerzogenen Qualen weiß
Ich liebe Haselnüsse.

Abb. rechts: Francis Picabia, Die heilige Jungfrau, 1920

3. PS:
Wismut der Orgeln Horoskop der Eroberungen
Hat sich an das Kleid einer Person geheftet
Bronchitische Steppen reden mit sich selbst –
Tristan Tzara, der Kaliko,
Rumänischer Nationalität, fand das Wort DADA.

Pablo Picasso, Juan Gris, Eure Kubistenkollegen behaupten, Ihr hätte ihnen alles genommen: Den Eindruck vermitteln sie wirklich.

Francis Picabia der Scherzbold.

Louise Norton
Buddha des Badezimmers

Ich nehme an, die Affen haben es gehaßt, ihre Schwänze zu verlieren. Sie waren notwendig, nützlich und ein Schmuckstück, Affenvorstellungskraft reichte nicht bis zu einer schwanzlosen Existenz (und offen gesagt, sehen Sie die biologische Schönheit in ihrem Verlust?), und doch haben wir uns jetzt daran gewöhnt, wir kommen recht gut ohne zurecht. Aber die Evolution bereitet der Affenrasse keine Freude; »in jeder Veränderung liegt ein Tod« und wir Affen lieben den Tod nicht so, wie wir sollten. Wir sind wie diese Philosophen, die Dante in sein Inferno versetzt hat, den Kopf falsch herum auf den Schultern. Wir gehen nach vorne und

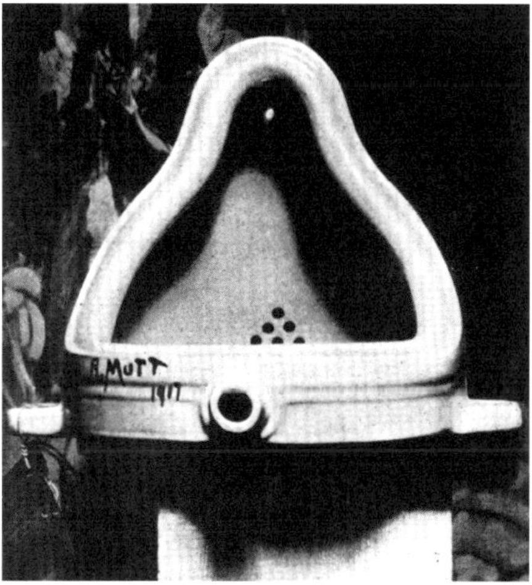

Alfred Stieglitz, Richard Mutts Springbrunnen [Fountain], 1917

schauen zurück, jeder mit mehr Persönlichkeit von seinem Vorgänger als mit eigener. Unsere Augen sind nicht unsere.

Die Ideen, die unsere Vorfahren verbunden haben, laß niemanden trennen! In *La Dissociation des Idées* zeigt Remy de Gourmont, ruhig analysierend, wie sakrosankt diese Verbindung der Ideen ist. Wenigstens eine reizende Sache unserer menschlichen Seinsart ist es, daß ein Mann, obwohl er heiraten, niemals *nur* Ehemann sein kann. Außer einer geldverdienenden Einrichtung und dem *einen* Mann, mit dem diese *eine* Frau in gesetzlicher Reinheit ohne Sünde schlafen darf, kann er auch noch die genaue Personifzierung der abstrakten Ideen einer anderen Frau sein. Sünde, während er für seine Angestellten nichts als ihr »Boss« ist, für seine Kinder nichts als ihr »Vater«, und für sich selbst sicherlich etwas Vielschichtigeres.

Aber mit Dingen und Ideen verhält es sich anders. Kürzlich hatten wir das Glück, deren gewissenhafte Monogomie beobachten zu können:

Als die Juroren der *Society of Independent Artists* überstürzt die kleine Skulptur mit dem Titel *Fountain*, eingereicht von Richard Mutt, entfernten, weil das Objekt in ihren atavistischen Gemütern unwiderruflich mit einer gewissen natürlichen sekretorischen Funktion assoziiert wurde. Und doch, wie vergnüglich ist für jedes »unschuldige« Auge die keusche Einfachheit ihrer Linien und Farben! Jemand sagte »wie ein lieblicher Buddha«, jemand sagte »wie die Beine jener Cezanneschen Damen«; aber haben diese Damen, in ihrer langen, runden Nacktheit, in ihrem Geist nicht stets auch die ruhigen Kurven dekadenten Klempner-Porzellans hervorgerufen?

Wenigstens als Prüfstein der Kunst, wie wertvoll hätte es sein können! Wenn es wahr ist, wie Gertrude Stein sagt, daß wahre Bilder wahr bleiben, vergleichen Sie bitte ein Kunstwerk mit ausgezeichneten Referenzen in der Vergangenheit wie *Fountain* mit so gut wie jedem der Bilder, die sich gerade schamrot an den meilenlangen Wänden des Grand Central Palace of ART zeigen. Verstehen Sie, was ich meine?

DADAISTISCHE GESCHLECHTERZENTRALE

Raoul Hausmann
Zur Weltrevolution

Wir erleben heute die ungeheuerste Revolution auf allen Gebieten des menschlichen Organisierens. Nicht nur die kapitalistischeWirtschaft, sondern auch alle Wahrheit, Ordnung, Recht, Moral, auch alles Männliche und Weibliche ist in Auflösung. [...]
Die kommunistische Bewegung wird zum Fiasko des männlichen Geistes führen, wenn in ihr nicht eine radikale Umstellung von bloß ökonomischer Gerechtigkeit zu einer Sexualgerechtigkeit vollzogen wird, die die Frau endlich zur Frau werden läßt.
Dieser innerste Kernpunkt der Revolution, die Abdankung des männlichen Geistes und des einseitigen männlichen Ordnungstriebes, muß durch Auflösung der existierenden kleinbürgerlich-moralischen Sexualverhältnisse von Grund aus zu einer neuen Gemeinschaftsbildung, gleichzeitig mit der fortschreitenden Verwirklichung des Satzes ›Jedem nach seinen Fähigkeiten, jedem nach seinen Bedürfnissen‹ nach und nach zu einem neuen Recht wie zu einer neuen Wahrheit überhaupt führen. Der Explosionspunkt liegt

Raoul Hausmann, Fiat Modes, 1919-20

außer im Ökonomischen im Sexuellen. Hier hat eine Revolution noch nicht eingesetzt und wir erleben es, daß z.B. in manchen Städten Rußlands die männliche Einehenfamilie aufgehoben ist, daß aber anstelle dessen die Frau einem beinahe trustartigen Besitzbegriff unterworfen wird. Nur ein Klarlegen der Sexualbeziehungen kann hier auflösend technische Fortentwicklung bringen. Das kommunistische Manifest fordert die Weibergemeinschaft und weist auf die Tatsache hin, daß die Familie und mithin die vor allem männlich bestimmte Moral für den Proletarier wenig Geltung hat. Es ist aber notwendig, daß hier nicht nur allgemein nach Klassen, sondern im Grundlegenden des Menschen verfahren wird. Den Weg dazu zeigt uns der kindliche Sexualkomplex.

In den Jugendfreundschaften z.B. wird die Homosexualität als naturgegebener Trieb des Menschen sichtbar. Beinahe jedes Kind hat homosexuelle Einstellungen, die nicht aus seiner Anpassungstechnik gegenüber der Familie sich herleiten. Die bürgerliche Familie verpönt die Homosexualität und stellt den Sexualkomplex um auf entweder männlich oder weiblich. Das Kind ist eine instinkthaft hochentwickelte Form des Menschen, die Homosexualität ist nicht etwa nur vor oder während der Pubertät vorhanden, aus einem Schwanken über die eigentliche Sexualrolle, sie ist dem Menschen überhaupt eigen. Die Erweiterung seiner Sexualkomplexe durch Homosexualität wird in der Familienerziehung durch eine christlich-romantische Einstellung fortgeleugnet. Wie aber die zwangsweise Verdichtung der Sexualität in Monogamie hauptsächlich zur Vereinfachung der männlichen Beherrschungstaktik gegenüber der Frau erfunden und durch Generationen immer weiter gedankenlos fortgesetzt wurde, so wurde durch diese Mechanisierung das Wesen der Monogamie zur Auflösung getrieben. Die geheime mann-männlicheSexualform, die zur Fortführung der männlichen Gesellschaft benötigt wurde, legte in der Einstellung gegen die Frau deren Organisations- und Gesellschaftstrieb lahm, so daß wir nur mehr die Entwicklungsformen der Mutter oder Dirne oder einiger Lesbierinnen kennen, die für die Gattungsentwicklung als Weib-Geist nicht in Frage kommen.

Die Befreiung der Frau muß gerade hier einsetzen. Die Bildung einer weiblichen Gesellschaft, die zu einer neuen Promiskuität und in Zusammenhang damit zum Mutterrecht (gegen die Vaterrechtsfamilie männlicher Prägung) führt, hängt innigst zusammen mit der Umbildung der bürgerlichen Gesellschaft in den Kommunismus. Die bislang als Sexualtreue gepriesenen Besitzbegriffe erweisen sich als dem Mann bequeme Ausbeutungslügen, die die Frau herabmindern zur Prostituierten in mehr oder weniger fest bezahlter Form, aber der wirklichen Weibsexualität weder bei der Mutter noch bei der freien Frau gerecht werden. Die Erweiterung des kleinbürgerlich-anarchischen Individualismus, der einer Besitznahme bedarf, um überhaupt Eigentum vorstellen zu können, in den Kommunismus wird das unveräußerlich Eigene sowohl der männlichen wie der weiblichen Sexualvorstellungen aufzeigen. Die Familie als Zwangsfaktor wird umgebildet in

Gruppen, in Beziehungen, in Wahlfamilien, die durch die Umstellung der Frau von ihrer bislang nur männlich bedingten und reagierenden Sexualität auf eine wirklich weibliche, deren Wesen genau so der Freundschaft, Kameradschaft, Gefolgschaft fähig ist (in anderen Formen) wie das bisherige männliche Sexualverhalten. Das Aufhören der Hörigkeit der Frau wird zeigen, daß die Frau vielleicht stärker als der Mann befähigt ist, Sitte oder Gesellschaftsordnung zu bilden, nur in einer weniger ›vereinfachenden‹ Art als der Mann. Das Recht und die Moralbegriffe, die sogenannte Wahrheit des Mannes werden gänzlich zerstört werden müssen, und werden sich als Unrecht und Unwahrheit erweisen (eben wegen ihrer vereinfachend-auslassenden Unterdrückungsabsicht). Die Wertungen eines Seins in Widersprüchen werden von der Frau aufgestellt werden, da die Frau wirklich ist, real, im Gegensatz zu der Idealisierungsgeste des Mannes, der nur einige Lebensrichtungen gesetzmäßig erfaßt hat. Die sogenannte Verlogenheit der Frau wird auf der neuen Entwicklungsstufe umgewandelt in eine Fähigkeit zur Verwirklichung, die bisher nur durch den männlichen Vergewaltigungswillen als Lüge aufzutreten gezwungen war. Die ›wahren‹ Männer treten heute für die Ablösung der Besitzrechte des Mannes an der Frau und eine Aufhebung der Minderwertigkeitsfamilie genau so ein, wie für die ökonomisch-kommunistische Gemeinschaft, die gleichläuft mit einer erweiterten Sexualeinstellung.

Mina Loy
Feministisches Manifest

Die feministische Bewegung, wie sie derzeit institutionalisiert ist, ist
unzulänglich

Frauen wenn Ihr Euch verwirklichen wollt – Ihr seid am Vorabend einer verheerenden psychologischen Umwälzung – all Eure kleinen Illusionen müssen entlarvt werden – die Lügen von Jahrhunderten müssen verschwinden – seid Ihr bereit für den großen Ruck –? Es gibt keine halben Maßnahmen – Kein bloßes Kratzen an der Oberfläche des vermüllten Haufens von Tradition wird eine Reform bringen, der einzige Weg ist die Absolute Zerstörung.

Hört auf, Euer Vertrauen in die wirtschaftliche Gesetzgebung zu setzen, in Laster-Kreuzzüge und einheitliche Erziehung – Ihr verschönert nur die
Realität.
Berufliche & kommerzielle Karrieren stehen Euch bald offen – Ist das alles, was Ihr wollt?

Und wenn Ihr ehrlich wünscht, Euer Niveau ohne Vorurteile zu finden – seid mutig und lehnt von vornherein diesen pathetischen schwafelnden Kriegsruf ab
Die Frau ist dem Manne gleich – denn

sie ist es NICHT!

Hannah Höch, Dada-Ernst, 1920

Der Mann, der ein Leben lebt, in dem seine Tätigkeiten einem sozialen Code entsprechen, der das weibliche Element unter Protektorat stellt – ist nicht länger männlich.

Die Frauen, die sich einer theoretischen Wertschätzung ihres Geschlechts als einer relativen Unpersönlichkeit anpassen, sind noch nicht weiblich.
Gebt es auf, die Männer zu betrachten, um herauszufinden, was Ihr nicht seid – sucht in Euch selbst, um herauszufinden, was Ihr seid.
So wie die gegenwärtigen Bedingungen sind – habt Ihr die Wahl zwischen Parasitentum, Prostitution – oder Negation.

Männer & Frauen sind Feinde, von der Feindschaft des ausgebeuteten Wirts gegenüber dem Parasiten, des Parasiten gegenüber dem ausgebeuteten Wirt – zur Zeit sind sie alle der Gnade des Vorteils ausgeliefert, den jeder aus des andern sexueller Abhängigkeit ziehen kann –. Der einzige Punkt, an dem die Interessen der Geschlechter zusammentreffen – ist die sexuelle Umarmung.

Die erste Illusion, die Ihr in Eurem eigenen Interesse zerstören solltet, ist die Aufteilung der Frauen in zwei Klassen, die Mätresse & die Mutter. Jede ausgeglichene und entwickelte Frau weiß, daß dies nicht wahr ist, die Natur hat die ganze Frau mit der Fähigkeit ausgestattet, sich durch ALL ihre Rollen auszudrücken – es gibt keine Einschränkungen. Die

Frau, die so unvollständig entwickelt ist, daß sie sexuell un-selbst-bewußt ist, wird einen einschränkenden Einfluß auf die temperamentvolle Ausbreitung der nächsten Generation ausüben; die Frau, die eine arme Mätresse ist, wird eine unfähige Mutter sein – eine minderwertige Mentalität – und wird nur eine unzulängliche Vorstellung vom Leben haben.

Um Ergebnisse zu erzielen, müßt Ihr Opfer bringen & das erste & größte Opfer, daß Ihr bringen müßt, ist Eure »Tugend«.
Dieser ganz und gar erfundene Wert der Frauen, festgelegt in ihrer körperlichen Reinheit – ist ein gar zu einfacher Wahlspruch – und macht Frauen lethargisch darin, innerliche Charakterwerte zu entwickeln, dank derer sie einen echten Wert erhalten könnte – deshalb ist dies das erste selbstauferlegte Gesetz für das weibliche Geschlecht, als ein Schutz gegen das von Männern aufgestellte Schreckgespenst der Tugend – die das Hauptinstrument ihrer Unterwerfung ist –: die bedingungslose operative Zerstörung der Jungfräulichkeit der gesamten weiblichen Bevölkerung in der Pubertät –. [...]

NACHWORT

Vor fast zehn Jahren verkündete *die tageszeitung* stolz: »Dada-Rätsel gelöst!« Viele Mythen gäbe es über die Wortfindung der Bezeichnung Dada, nunmehr wäre die Herkunft endgültig ermittelt: Dada stamme nicht aus irgendeinem Wörterbuch, aus dem die Dadaisten Tristan Tzara und Richard Huelsenbeck beanspruchten, das Wort gefunden zu haben, sondern aus einem erotischen Positionenbrevier, das 1903 unter dem Titel *Les Paradis charnels, ou le divin bréviaire des amants, art de jouir purement des 136 extases de la volupté* auf französisch, 1909 auch in deutscher Übersetzung erschienen sei. Das 15. Kapitel verzeichne einige Positionen »à dada« mit der Frau als »reitende[r] Venus in verschiedenen Posen«, wie »Die Sitzende« – »Der Mann sitzt auf einem Stuhl, das Weib setzt sich ihm auf den Schoß, das Gesicht ihm zugewandt, die Beine zu beiden Seiten über seinen hängend. Der Schwanz steckt in ihrer Votze, und sie hebt und senkt sich auf den Zehenspitzen« – und »Die Schmollende« – »Wie oben, nur mit dem Unterschiede, daß sie ihm beim Sitzen den Rücken zukehrt und er sie demnach von hinten in die Votze fickt.«

Ob dieser Fund tatsächlich das Dada-Rätsel löst? Sicher ist, daß *dada* in vielen Wörterbüchern zu finden ist und im Französischen buchstäblich wie figürlich *Steckenpferd* bedeutet. *À dada* heißt somit nichts weiter als *auf dem Steckenpferd* oder schlicht *rittlings*. Sicher ist ebenfalls, daß es in der Zeit des Cabaret Voltaire einen Züricher Seifenfabrikanten Bergmann gab, der eine Lilienmilch enthaltende Kosmetik- und Seifenmarke namens *Dada* produzierte, die 1916 in Balls *Erstem dadaistischen Manifest* Erwähnung findet – »Dada ist die beste Lilienmilchseife der Welt« – und auf die auch Tzara später anspielt, wenn er 1921 schreibt, die (nie publizierte) Dada-Anthologie *Dadaglobe* enthalte »Artikel, unerläßlich für die Hygiene und das Herz, Toilettenartikel intimer Natur«. Und so wie Ball und Tzara auf Bergmanns Dada-Schönheitspflege anspielen, weisen viele Dada-Texte auf andere Bedeutungen und Verwendungen des Wortes *Dada* hin, die zwar nicht alle auf den Geschlechtsakt deuten, dennoch unmittelbar mit der Fortpflanzung und den Beziehungen zwischen den Geschlechtern zusammenhängen: Dada als erste Sprechversuche eines Babys, Dada als Mutter im Italienischen, Dada als Amme und Kindermädchen im Rumänischen etc. Unwahrscheinlich ist es daher, daß die Dadaisten, angenommen, *Les Paradis charnels* war ihnen bekannt, nirgends auf den Koitus à dada hinweisen.

Obwohl Sexualität und Erotik vielleicht – anders als im Surrealismus – nicht zu den großen Themen Dadas zählen, spielen viele dadaistische Programme auf sexuelle Themen an und insistieren auf der Veränderung des menschlichen Sexuallebens. Endete das Berliner Manifest *Was ist der Dadaismus und was will er in Deutschland* im April 1920 mit der Forderung nach einer »sofortige[n] Regelung aller Sexualbeziehungen im internationalen dadaistischen Sinne durch die Errichtung einer dadaistischen Geschlechterzentrale«, so begann das Programm eines »Dada-Festivals« im Pariser Salle Gaveau im Mai 1920 mit »Le sexe de Dada«, dem »Geschlecht Dadas«: die Präsentation eines enormen Phallus aus Pappe und zwei Ballons, denen – versehentlich – während des Festivals allmählich die Luft ausging. Walter Mehring verkündet im *Dada-Almanach*, der Berliner Club Dada führe »die Erde bis zur transzendenten Pollution im Geiste des Dadaismus«. In der von Mehring darin ebenfalls vorgestellten »ersten Dada-Kolonie Dadayama« heißt es im Betriebsreglement u.a.: »Sexuelle Handlungen finden allein statt in dem großen Glasbordell mit den Sexualschaukeln und Rängen der Voyeurs (Entwurf Brunhold Taut) und im Tempel der Selbstbefriedigung (Fetischisten, kauft nur Obersky-Korsetts!)«. Dieses Betriebsreglement mag ebenso wie die dadaistische Geschlechterzentrale zeitgenössische sexualreformerische Vorhaben parodieren. Trotzdem besitzen sie auch im Kontext Dadas durchaus einen seriösen Kern, wie Raoul Hausmanns zeitgleiches, alles andere als ironisches Plädoyer für die »Abschaffung des bürgerlichen Frauentypus« als Voraussetzung für die Weltrevolution.

Reduziert die Kunst- und Literaturgeschichte Dada oftmals zu einer Revolte gegen die bürgerliche Kunst und ihre Konventionen und somit zu einer Frage der ästhetischen Form und des künstlerischen Experiments, so steht außer Zweifel, daß die revolutionäre, antibürgerliche Volte des Dadaismus – wie üblich in der Künstlerboheme, aus deren expressionistischen Ausläufern Dada hervorging – auf die Gesamtheit der bürgerlichen Normen und Werte abzielte, auch im Bereich der Sexualität. Während die viktorianische Tabuisierung des Geschlechtlichen im 19. Jahrhundert dazu führte, daß »die Sexualität gemäß den Keuschheitsbegriffen des Bürgertums in ein mystisches Dunkel gehüllt wurde, setzt«, wie Magnus Hirschfeld 1930 in seiner *Sittengeschichte des Weltkrieges* beschreibt, »um die Jahrhundertwende eine mächtige Geistesströmung, eine Art erotische Aufklärungsbewegung ein. Sie ist ein Rückschlag gegen die frühere Verdrängung der Sexualität aus dem öffentlichen Leben der Gesellschaft, sozusagen eine Überkompensierung des früher künstlich unterdrückten Trieblebens.« Eine Gegenbewegung, zu deren Protagonisten Hirschfeld selbst zählte, und die ihre Basis wie Dada nicht zuletzt in der Boheme hatte. Die hier vorliegende kleine Auswahl von Texten zeigt auf, daß die Dadaisten sich fast ausnahmslos in ihrem Werk früher oder später mit der Sexualität und anverwandten Themen – Erotik, Pornographie, Obszönität, Liebe, Geschlechterbeziehungen,

Marcel Duchamp, L.H.O.O.Q., 1920

Sexualmoral etc. – befaßten, ob in Zürich oder Berlin, Köln, Rom, Brüssel oder New York.

In *Dada siegt!* erinnert Richard Huelsenbeck 1920 an eine dadaistische Heldentat aus der Züricher Anfangszeit, die in mehreren Hinsichten typisch für das dadaistische Verhältnis zur Sexualität ist. Angetrunken gehen Tzara und er durch die Bahnhofstraße, wo Tzara eine Passantin bittet, ihm den Weg zu einem Bordell zu zeigen. Die Frau reagiert empört, Passanten mischen sich ein und eine Schlägerei folgt. Dieselbe Episode erwähnt Tzara in einer Parabel in seinem Theaterstück *La Première Aventure céleste de Mr. Antipyrine* (1916), die mit dem Satz anfängt: »Wenn man eine alte Frau nach der Adresse eines Bordells fragen kann.« Dient die Anekdote bei Huelsenbeck vor allem als Hinweis auf die vermeintliche Borniertheit Züricher Frauen, so zeigt sie gleichzeitig, daß der dadaistische Bruch mit der bürgerlichen Moral bereits in der offenen Thematisierung des Sexuellen enthalten ist, insbesondere wenn sie – wie hier – mit einer teilweise real gelebten, teilweise provokativ inszenierten sexuellen Libertinage verbunden ist.

Läßt die Episode in der Züricher Bahnhofstraße sich zunächst als Beispiel für den provokativen Habitus Dadas begreifen, der sich wiederholt im Sakrileg gegen religiöse und kulturelle Ikonen jeder Art manifestierte – sei es die Heilige Jungfrau, die defloriert wird, Buddha, der als Pissoir erscheint, oder die Mona Lisa mit Schnurrbart, der es heiß am Arsch ist –, so impliziert Tzaras Frage auch die Ablehnung jeder Form der bürgerlichen (Doppel-)Moral und des Puritanismus, so wie sie sich in den moralischen Gehemmtheiten der Züricher Bahnhofstraße zeige – Dada als »Hinrichtung der posierten Moral und Fülle« (Hugo Ball). Eine Hinrichtung, die nicht nur Abrechnung ist, sondern nach Bakunins Leitspruch – »Die Lust der Zerstörung ist zugleich eine schaffende Lust« – eine utopische Dimension beinhaltet. So wie der dadaistische Ikonoklasmus mit dem Ideal einer »neuen Kunst« verbunden war, von welcher man auch einen »neuen Menschen« und ein »neues Leben« erhoffte, so war auch Tzaras Impertinenz, als »der Sexus sich meldete«, irgendeine Dame nach einem Bordell zu fragen, mit dem Anliegen verbunden, als Propagandist Dadas, der »Weltanschauung der freiesten Menschen, die dieser verfluchte Planet je hervorgebracht hat«, eine freiere Sexualität gegen den bürgerlichen Moralkodex durchzusetzen. Wie Tzara 1921 in »Eye-Cover, Art-Cover, Corset-Cover« im Heft *new york dada* schreibt: »Und wir werden sehen, daß gewisse Freiheiten, die wir uns fortwährend in der Sphäre des Gefühls, des sozialen Lebens und der Sitten nehmen, einmal zum normalen Standard werden. Diese Freiheiten wird man dann nicht länger als Verbrechen, sondern als Sehnsüchte betrachten.«

In Tzaras Frage nach dem Bordell – »für Dadaisten die natürlichste Sache der Welt« (Huelsenbeck) – mag einerseits das Bedürfnis nach freier, sofortiger Lustbefriedigung enthalten sein. Andererseits paßt sie auch zur dadaistischen Bestandsaufnahme des zeitgenössischen »erotischen Elends« (Schwitters), das sich nicht zuletzt durch den Warencharakter der Sexualität auszeichnet, sei es in der wirtschaftlichen Einheit der Ehe, sei es in dem Bereich, den man heute Sex-Industrie nennen würde – der Prostitution, der Pornographie etc. Die in Dada repräsentierte Sexualität ist oft käuflicher Natur, sei es als körperliche Dienstleistung oder als Illusion, situiert im Bordell, im Nachtclub, im Varieté, im Kabarett – insgesamt im Vergnügungs- und Rotlichtviertel (wie u.a. in Balls Roman *Flametti oder Vom Dandysmus der Armen* (1918), Huelsenbecks *Dr. Billig am Ende* (1921), Grosz' Mappe *Ecce Homo* (1923) oder in Walter Serners Sammlungen erotischer Kriminalgeschichten *Zum blauen Affen* (1921) und *Der elfte Finger* (1923).

Erwin Blumenfeld, Bloomfield President-Dada-Chaplinist, 1921

Auch das Cabaret Voltaire, die Geburtstätte der Dada-Bewegung im Züricher Niederdorf, mag zwar eine Künstlerkneipe und kein Bordell gewesen sein, dennoch war die Grenze zwischen Kabarett, Nachtclub und Bordell recht durchlässig, zumal käufliche Sexualität, sei sie real zu haben oder nur illusionär geboten, zum festen Repertoire des kabarettistischen Unterhaltungsprogramms zählte. Das gilt auch für das Cabaret Voltaire, wo insbesondere Emmy Hennings und Marietta di Rigardo, eine Bekannte von Ball und Hennings, für dieses Moment der Sexualisierung zuständig waren. Beide hatten bereits eine längere Kabarett- und Varietékarriere hinter sich, wobei Hennings sowohl als Modell pornografischer Aktbilder, die sie selbst verkaufte, als auch als Animiermädchen und auf dem Straßenstrich ihr Einkommen zu ergänzen suchte. Der Züricher Sittenpolizei fiel sie in diesem Sinn auf, wobei man Ball für ihren Zuhälter hielt. Führt Huelsenbeck sie »in ihrem dürftigen Kleidchen« als den eigentlichen Star des Cabarets auf, so erinnert Ball an »Emmys höllenrotes Schlankbein« in dem – teilweise in der ersten Dada-Anthologie *Cabaret Voltaire* (1916) enthaltenen – Gedichtzyklus *Cabaret*, der dieses Moment der sexualisierten Unterhaltung thematisiert.

Die Auffassung, ein Bordell sei die natürlichste Sache der Welt, deutet noch auf einen weiteren Aspekt der von Dada imaginierten, repräsentierten und inszenierten Sexualität hin: Sie hat herzlich wenig mit (romantischer) Liebe oder Sentimentalität zu tun, dagegen alles mit Lust, Trieb und der Befriedigung instinktiver Sehnsüchte. Wenn Serner in der *Letzten Lockerung* (1921) auf der Langeweile und Sinnlosigkeit der menschlichen Existenz insistiert, macht er sofort die Ausnahme der Damenseidenstrümpfe. Eine Ausnahme, die in den folgenden fünf Kapiteln zu einer eindeutigen Sequenz ausgebaut wird: (I) »Damenseidenstrümpfe sind unschätzbar«, (II) »Oberschenkel sind kapital«, (III) »Damen sind besinnungslos vorzuziehen«, (IV) »Venusblicke sind das einzig Sichere«,

(V) »Lust ist alles«. Die Alternative für die allgegenwärtige Langeweile ist – kurzum – Sex. Sex, nicht als Ausdruck der Liebe, sondern schlichtweg als Lustbefriedigung jenseits aller romantischen Sentimentalität. »Ici finit la sentimentalité« – Hier endet die Sentimentalität – heißt es bei dem belgischen Dadaisten Clément Pansaers. Ähnlich verkündet Tzara im *Dada-Manifest 1918*: »Das Prinzip *Liebe Deinen Nächsten* ist Heuchelei.« Denn: »Der Mensch ist nicht gut – sondern ein Vieh!« (George Grosz)

Dieser Abschied von der Sentimentalität zeigt sich auch in der dadaistischen Darstellung des menschlichen Körpers und seiner (sexuellen) Funktionen. Eindeutig ist eine Vorliebe für die Repräsentation des Körperlichen und Geschlechtlichen durch mechanische Konstruktionen: der menschliche Körper als unbeseelte Maschine, deren (scheinbare) Gefühle nur (Neben-)Produkt technisch-mechanischer Prozesse seien. Parallel führt der Sentimentalitätsverzicht zu einer Betonung des Häßlichen, des Zerfalls und des Tierischen. Hält Schwitters sich noch zurück, wenn er seine Anna Blume liebevoll als »tropfes Tier« anspricht, dessen Name »wie weiches Rindertalg« von seinem Rücken träufele, so neigt die Beschreibung des Sexuellen u.a. bei Tzara und Pansaers zu vulgärem Vokabular und einer eindeutigen Vorliebe für körperliche Ausscheidungen – Speichel, Sperma, Urin, Kot – wie auch für körperliche Defekte und (venerische) Krankheitserscheinungen – Syphilis, Gonorrhoë, Blennorhoë etc.

Sowohl der provokante Bruch mit der vorherrschenden Sexualmoral, die Trennung zwischen sexueller Lust und romantischer Liebe als auch die Situierung des Sexuellen in der Halbwelt des Vergnügungsviertels und der Sex-Industrie deuten auf einen exzessiven Grundzug der imaginierten Sexualität. Nicht nur wird das normale Schweigen über das Sexuelle durchbrochen, auch werden die Grenzen der normalen Sexualität bewußt überschritten. Insgesamt ist die Sexualität, so wie sie von den Dadaisten repräsentiert wird, kein braver, maßvoller, sittsamer, nur der Fortpflanzung oder der Bestätigung romantischer Liebe dienender Geschlechtsverkehr in den Schranken des bürgerlichen Gesetzbuches und Moralkodex. Im Gegenteil: sie kennt kaum Hemmungen oder verstößt bewußt gegen sie. Es ist eine freigesetzte, ungezügelte Sexualität, die sich gerade in der Trennung zwischen Sexualität und Sentimentalität, zwischen Lust und Liebe, als gewaltförmige Kampfzone der Geschlechter gestaltet. Hierzu paßt eine Notiz in Hugo Balls Tagebuch vom Sommer 1915, in der er de Sade als den besseren Menschenkenner Rousseau gegenüberstellt: »Man könnte den berüchtigten Marquis als den eigentlichen Antipoden des schmeichlerischen Rousseau reklamieren. Er korrigiert dessen These von der natürlichen Güte und Tugend. Zwar klänge es geziert, wollte man sagen, er sei nicht so verführerisch wie Rousseau. Freier aber ist er jedenfalls; freier von Sentiments und von Illusionen.« In seiner persönlichen Ausgabe des *Kuriositäten-Kabinetts* des am Rande auch mit Dada verbundenen Autors Emil Szittya markiert Ball 1923 mit blauem Bleistift: »Die Sexualität in all ihren Formen ist ein natürliches Ereignis wie jedes, sogar das grausamste Geschehnis in der Natur. Man kann manches im Weltengang unangenehm, ungemütlich finden, aber wir haben keine Berechtigung, es zu verwerfen, sondern dürfen es nur registrieren.«

Dada läßt sich chronologisch wie genealogisch zwischen Expressionismus und Surrealismus situieren und diese Zwischenstellung gilt auch für die Kombination von Sexualität und Gewalt. Eine Kombination, die man vor Dada bereits im Expressionismus antrifft, im Hang zum Tierischen und zur orgiastischen Lustbefriedigung sowie im Motiv des Lustmordes (wie in Balls frühen Gedichten *Die weiße Qualle* und *Der Henker*). Derselben Kombination begegnet man ebenfalls im surrealistischen Kontext, sei es im Werk von Max Ernst, Hans Bellmer oder Georges Bataille oder im Film *L'Age d'Or* von Salvador Dali und Luis Buñuel. Dada unterscheidet sich dabei einerseits vom Expressionismus, indem es den Dadaisten nicht so sehr darum geht, dem eigenen Ich und seinen (sexuellen) Bedürfnissen Ausdruck zu verleihen. Andererseits unterscheidet sich Dada vom Surrealismus, indem die dadaistischen »Recherchen im Reich der Sinne« nicht nur mit einer kriegsbedingten Misanthropie, sondern auch mit einer dezidierten Ablehnung der »Psychobanalyse« verbunden sind (obwohl gerade Hausmann, der diese Bezeichnung prägte, maßgeblich von Otto Gross beeinflußt wurde).

Die von Szittya geforderte Bestandsaufnahme besitzt in Dada einen Doppelcharakter, der unmittelbar mit einem doppelten Kunst- und Literaturverständnis

George Grosz und Eva Peter als Frauenmörder und sein Opfer, 1920

der Dadaisten verbunden ist. Zum einen: »Werk von Schöpfern, entsprungen aus einer echten Notwendigkeit des Autors«, »Erkenntnis eines höchsten Egoismus, in dem die Gesetze verkümmern« bzw. nur »die 3 wesentlichen Gesetze« gelten: »essen, Liebe machen und scheißen« (Tzara). Zum anderen: »primitivste[s] Verhältnis zur umgebenden Wirklichkeit«, wobei das Leben »unbeirrt mit allen sensationellen Schreien und Fiebern seiner verwegenen Alltagspsyche und in seiner gesamten brutalen Realität übernommen wird«, als »wahnwitziges Simultankonzert von Morden, Kulturschwindel, Erotik und Kalbsbraten« (Huelsenbeck). Dabei wird auch die eigene Wollust registriert und werden düstere, (selbst)destruktive Seiten des sexuellen Trieblebens ebenso wie exzessive Gewaltphantasien eher ausgekostet als ausgespart, sei es in der von Grosz favorisierten Selbstdarstellung als Frauenmörder, der mit bluttropfendem Messer eine Spur zerstückelter Frauen zurückläßt, sei es als Dr. Billig, der seinem Schwanz hinterherrennt, aus dem kleinbürgerlichen Lot gerät und von einer Hure namens Margot ausgenutzt und zerstört wird, sei es in Melchior Vischers Dada-Roman *Sekunde durch Hirn* (1920), in dem der Stukkatör Jörg Schuh auf einem Baugerüst der eigenen Geilheit buchstäblich zum Opfer fällt, wenn er das Gleichgewicht verliert durch »den großen Busen der Magd Hanne aus dem Wolkenkratzer gegenüber Nr. 69. Der Busen, der Bubusen ist prächtig plastisch, als hätte ihn ein Stukkatör geformt! entriß sich ekstatischer Satz aus Jörgs bewundernder Kehle mit oberhalb geilen Glotzaugen, die überkegelten, Planke schaukelte, Kopf, Füsse wankten quer durcheinander, Wind pfiff ...« – und der Stukkatör landet tot auf dem Pflaster.

Solche Darstellungen sind jedoch nicht nur als persönliche Phantasien gemeint, sondern ebenfalls als »Geschichte der Zeit« (Huelsenbeck), registriert von den Dadaisten als »Spiegelträger, die der Zeit (und sich selbst) einen Spiegel vorhalten und ihr zeigen, »daß sie Dada ist« (Schwitters) – auch im Bereich der Sexualität. In diesem Sinne präsentiert Dada in der Betonung des Warencharakters und der Gewaltförmigkeit des Sexuellen ein Sittengemälde der durch Krieg und Massenmord gekennzeichneten patriarchalisch-kapitalistischen Gesellschaft des frühen 20. Jahrhunderts, die auch ihre Spuren in der dadaistischen Imagination hinterlassen hat.

Ein Gesamtbild bot hier Schwitters' verloren gegangene, aus Abfällen und Fundsachen jeder Art konstruierte Merzsäule »Kathedrale des erotischen Elends«, kurz: KdeE, mit mehreren Grotten und Höhlen: eine »*Lustmordhöhle* mit dem arg verstümmelten Leichnam eines bedauernswerten jungen Mädchens, mit Tomaten gefärbt, und reichlichen Weihgeschenken«, eine »*Monna Hausmann*, bestehend aus einer Abbildung der Monna Lisa mit überklebtem Gesicht von Raoul Hausmann, wodurch sie ihr stereotypes Lächeln vollkommen verloren«, und ein »*Bordell* mit einer Dame mit 3 Beinen, gestaltet von Hannah Höch« sowie eine »große *Grotte der Liebe*«, zu der – wie Schwitters im Veilchenheft seiner Zeitschrift *Merz* 1931 ausführt – »eine breite Freitreppe« hinaufführte, »unterhalb steht die *Klosettfrau des Lebens* in einem langen schmalen Gang, in dem sich auch Kamelslosung befindet. Zwei Kinder grüßen uns und treten ins Leben hinein; von einer Mutter mit Kind ist infolge Beschädigung nur ein Teil geblieben. Glänzende und zerklüftete Gegenstände charakterisieren die Stimmung. In der Mitte ist das zärtliche Liebespaar: er hat den Kopf verloren, sie beide Arme; *zwischen den Beinen hält er eine riesige Platzpatrone.* Der verbogene Kopf des Kindes *mit siphylitischen Augen* über dem Liebespaar warnt eindringlich vor Übereilungen. Es versöhnt aber wieder das kleine runde Fläschchen mit meinem Urin, *in dem sich Immortellen aufgelöst haben.*«

Obwohl das Bordell in Schwitters KdeE von Hannah Höch gestaltet wurde, deutet Tzaras Frage in der Bahnhofstraße – kehren wir zum letzten Mal zu dieser Episode zurück – noch auf einen weiteren Grundzug der in Dada imaginierten, inszenierten (und gelebten) Sexualität hin: Sie ist insgesamt heterosexueller Natur und in der Regel aus männlicher Perspektive dargestellt. Das hat einen einfachen Grund: Dada war, jedenfalls insofern Dada sich literarisch und bildkünstlerisch manifestierte, eine Männersache, eine Sache von Männern, die heterosexuell waren, soweit sie (ihre) Sexualität öffentlich zur Schau stellten. Zwar zieht Tzara in seinem *Dada-Manifest über die schwache und die bittere Liebe* »den Poeten vor, der ein Furz in einer Dampfmaschine ist [...] höflich und halbschwul«, Homosexualität begegnet man – zumindest explizit – im Rahmen Dadas nicht. Indessen gab es durchaus Ansätze zur Auflösung weiblicher und männlicher Geschlechteridentitäten, etwa in Form der Rrose Sélavy, des weiblichen Alteregos Marcel Duchamps, oder in Collagen, in denen Porträts männlicher Dadaisten auf weiblichen Torsos erscheinen. Sowohl bei der Transvestitenrolle Duchamps wie bei diesen Collagen, u.a. von Erwin Blumenfeld und Johannes Baargeld, stellt sich jedoch die Frage, inwiefern hier männliche Identität aufgelöst bzw. weibliche Identität angeeignet wird. Daß eher letzteres vorging, könnte man aus der Tatsache ableiten, daß Frauen fast ausschließlich als Objekt männlicher Begierde in der dadaistischen Kunst und Literatur erscheinen. »Weiber, Weiber, Weiber – so unkeusch wie möglich, so verlogen wie möglich, so instinktiv hurenhaft wie möglich«, heißt es 1918 fast programmatisch in Huelsenbecks *Vorwort zur Geschichte der Zeit* in *Club Dada.* Und ebenso programmatisch könnte man hier die von dem holländischen Dadaisten I.K. Bonset vertretene Auffassung verstehen, daß Frauen als Künstler prinzipiell untauglich seien, daß Kunst eben Männersache sei. Eine Auffassung, die gewiß nicht neu war, aber darum in der Dada-Bewegung auch ihre Wirkung nicht verfehlte. Allerdings gab es bei den Dadaisten auch einige weibliche (Gegen-) Stimmen.

Insofern die dadaistische Revolte gegen derzeit vorherrschende gesellschaftliche wie kulturelle Ordnungen ebenfalls die bürgerlich-patriarchale Regelung der Geschlechterrollen und Geschlechtsbeziehungen auf moralischer wie praktisch-gelebter Ebene in Frage stellte (oder zumindest ihre Infragestellung erlaubte und

Man Ray, Marcel Duchamp als Rrose Sélavy, 1921

herausforderte), bot Dada sich auch Frauen als Rahmen zum Ausbruch aus den ihnen sozial wie kulturell vorgegebenen Rollen und Verhaltensweisen an. Zugleich war Dada, trotz der vielfach bekundeten Negation der bürgerlichen Normalität und der daran anknüpfenden Entwicklung von Alternativen, nicht nur in dieser Negation mit jener Normalität verbunden, sondern es zeigten sich in Dada auch deutliche Kontinuitäten. So wie solche Kontinuitäten im ästhetischen Kernbereich Dadas als Kunstbewegung erkennbar sind, wo Dada zwar dem Neuen zugetan, aber auch nicht traditionslos war und eindeutige Bezüge zum Alten aufwies, so galt für die Regelung der Geschlechterrollen und Geschlechtsbeziehungen im Kreis der Dadaisten um so mehr, dass darin wesentliche Momente/Elemente der bürgerlichen Normalität – reflektiert oder nicht – übernommen und fortgeschrieben wurden.

Dada war also, zumindest nach den erhaltenen künstlerischen und literarischen Zeugnissen zu urteilen, primär eine Sache von männlichen Künstlern, die oft an ihrer männlichen Vorrang- und Vormachtstellung im Kulturbetrieb wie an der herkömmlichen Objektrolle der Frau festhielten – auch in der Dada-Bewegung ist die Frau eher Modell als Maler(in). Bezeichnend ist hier nicht nur Bonsets Misogynie, sondern auch eine aufschlussreiche Bemerkung in Balls Tagebuch vom Frühjahr 1916, in dem er Dada in Zürich als Unternehmen von »fünf Freunden« aufführt (Arp, Huelsenbeck, Janco, Tzara und er selbst) und dabei Emmy Hennings ausklammert, obwohl das Cabaret Voltaire durch ihre Auftritte wie auch auf Grund ihrer Erfahrung im Kabarettwesen ohne sie undenkbar gewesen wäre, was mehrere Beiträge in der Anthologie *Cabaret Voltaire* unterstreichen.

Für die Dadaisten in Zürich gilt, dass das Anliegen Dadas, »Kunst und Leben« ineinszusetzen, die diversen Künste zu einem Gesamtkunstwerk zusammenzuschweissen und dabei auch »hohe« Kunst mit »niederer« Alltagskultur zu verbinden, sei es im Kabarett, sei es in der Verknüpfung von Kunst und Handwerk, mit der Beteiligung einer größeren Zahl von Frauen einherging. Neben Hennings kann hier auf Sophie Taeuber hingewiesen werden, die nicht nur durch ihr Einkommen als Dozentin an der Kunstgewerbeschule die wirtschaftliche Existenz und somit die dadaistische Tätigkeit ihres Freundes und späteren Ehemanns Hans Arp absicherte, sondern auch als Ausführende zusammen mit anderen Tänzerinnen aus der Laban-Schule, der sie auch selbst angehörte, auf den von den (männlichen) Dadaisten inszenierten Soireen auftrat. Darüber hinaus war sie als bildende Künstlerin tätig und inszenierte selbst im Rahmen und am Rande Dadas Puppen- und Marionettenspiele.

Mögen Tanz sowie die Herstellung von Puppen und weiteres Kunsthandwerk typisch weibliche Reservate im Kunstbetrieb gewesen sein, so bedeutete ihre – in Dada programmatische – Gleichstellung in bis dahin weitgehend männlich dominierten Kunstsparten tendenziell eine Neuerung der ästhetischen Geschlechterordnung. Diese zeigt sich in vielen Dada-Filialen zwar noch im geringen Anteil weiblicher Künstler. So war Hannah Höch in Berlin praktisch die einzige sich beteiligende Frau, sieht man von Eva Peters Rolle als Grosz' Modell »Maud«/»Daum« ab. Dagegen lässt sich insbesondere in den Dada verbundenen New Yorker Kreisen um Walter Arensberg und Alfred Stieglitz ein substantieller Beitrag von Künstlerinnen wie u.a. Beatrice Wood, Louise Norton, Elsa von Freytag-Loringhoven und Mina Loy verzeichnen, der diese ästhetische Geschlechterordnung durchbricht, gewissermaßen flankiert vom Auftritt der Rrose Sélavy.

Und nicht nur im Ästhetischen wurden die bestehenden Verhältnisse zwischen den Geschlechtern durch- oder zumindest aufgebrochen. Insofern Dada nicht nur Kunstbewegung, sondern ein breiter angelegter Angriff auf die bürgerliche Normalität war, ergab sich für die an Dada beteiligten Frauen Spielraum für eine selbstbestimmte Sexualität außerhalb der vorgebenen Muster, die teilweise ihren Niederschlag auch in ihrer künstlerischen und literarischen Tätigkeit fand. Wird im Kontrast zu Emmy Hennings' offen gelebter sexuellen Libertinage in der Münchner Vorkriegsboheme, wo sie sich – einem ihrer Sexualpartner, Erich Mühsam, zufolge – mit gespielt »naiver Hurenhaftigkeit« und einem »umfangreichen Liebesleben« als »erotisches Genie« exzellierte, Sexuelles in ihrem literarischen Werk nur angedeutet, so artikulieren Mina Loy und Elsa von Freytag-Loringhoven in ihren Gedichten die eigene, weibliche Lust und sexuelle Begierde. Solche Vorstellungen einer freigesetzten weiblichen Sexualität mögen mit der patriarchalen Norm der braven keuschen Ehefrau in Widerspruch stehen. Man könnte freilich einwenden, dass sie durchaus im Einklang waren mit und teils vielleicht sogar diktiert wurden von den Wunschvorstellungen der männlichen Dadaisten, deren Libertinage erst durch die freie Verfügbarkeit über die weibliche Sexualität möglich wurde, wobei dann der Ausbruch aus der bürgerlich-patriarchalen Moral ebenso evident ist wie die Notwendigkeit oder zumindest der subkulturelle Druck, sich einer nunmehr auf Promiskuität abzielenden Ge-

genmoral zu fügen. Offensichtlich ist dieser Aspekt in Raoul Hausmanns Übernahme von Otto Gross' Überlegungen zur »freien Liebe« und einer »Revolution fürs Mutterrecht«: Der Rekurs auf Gross diente bei ihm nicht zuletzt auch dazu, eine Dreierbeziehung mit seiner Frau Elfriede Schaffner und seiner Freundin Hannah Höch zu legitimieren bzw. letztere von der Richtig-, ja Notwendigkeit einer solchen Beziehung zu überzeugen.

Emblematisch ist hier auch Man Rays Doppelporträt aus dem Jahre 1921 von Tristan Tzara und seiner damaligen Lebensgefährtin Maya Chrusecz, die – wie Sophie Taeuber – Ausdruckstänzerin aus der Schule von Rudolf von Laban und ebenfalls an Dada-Soireen beteiligt war. Und nicht nur an diesen: Mit anderen gleichfalls in der Dada-Bewegung involvierten Kolleginnen war sie – quasi als sakrale Bestätigung ihres Begehrens nach sexueller Autonomie – als moderne Bacchantin an dionysisch-astartischen Feiern auf dem Monte Verità beteiligt. Das Photo zeigt den »Direktor« der Dada-Bewegung relativ klein im Vordergrund in nachdenklicher, vorgebeugter Haltung oben auf einer Leiter, ein Beil und ein Wecker über seinem Kopf, und doppelt so groß wie Tzara, leicht unscharf, einen weit über den (bekleideten) Tzara hinaustürmenden Halbakt der (nackten) Chrusecz in selbstbewußter Pose. Die Bedrohung des kleinen Mannes im Vordergrund durch das Beil bzw. die enorme Frau im Hintergrund ist offensichtlich, auch wenn ihre Rolle als Objekt männlicher Lust außer Frage steht und noch dadurch verstärkt wird, daß das Bild in der Regel als Bildnis

Hannah Höch, Die Dompteuse, 1930

Tzaras und nicht als Doppelporträt der beiden gilt.

Mögen solche Aktbilder auf eine Absage an die bürgerliche Prüderie deuten, sich jedoch gleichzeitig alten Mustern fügen, so beschränkt sich der Bruch mit der bürgerlichen Moral nicht nur auf die Entkleidung vor der Kamera und dem männlichen Auge. Insbesondere bei Hannah Höch und Mina Loy findet man nicht nur eine Kritik an der bürgerlichen Ehe und Sexualmoral, u.a. in Höchs Collage *Bürgerliches Brautpaar* (*Streit)* (1919) sowie in Loys Gedicht *Jungfrauen plus Vorhänge minus Mitgift*, sondern auch eindeutige Kampfansagen gegen die Kontinuität patriarchaler Denk- und Verhaltensmuster in avantgardistischen Zusammenhängen wie Dada. Zwar entsteht Hannah Höchs Gegenbild zu den Bildern Baargelds und Blumenfelds *Die Dompteuse* (1930) fast eine Dekade nach Dada in der Zeit ihrer Beziehung mit der niederländischen Dichterin Til Brugman. Höch äußerte sich aber auch in der Dada-Zeit, u.a. in der Groteske *Der Maler* (1919), schon kritisch über die von ihren männlichen Kollegen – Hausmann, Bonset/Van Doesburg etc. – behauptete Gabe, das Wesen der Frau und ihrer Sexualität ergründen zu können, sowie deren Anmaßung, die weibliche Sexualität reglementieren zu dürfen. Stattdessen ließ sie in der Collage *Dada-Ernst* (1920) ein Auge als Vagina ernsthaft zwischen zwei rumpflosen freischwebenden Beinen Ausschau halten – quasi aus umgekehrter Perspektive. Vehementer knüpft Mina Loy in ihrem *Feministischen Manifest* an gleichartige Auffassungen an, wie sie in der Zeit vor Dada von Franziska zu Reventlow in der Schwabinger

Boheme und von der Anarchistin Emma Goldmann in Greenwich Village verkündet und gelebt wurden. Ihr Manifest richtet sich nicht nur gegen den Puritanismus der bürgerlichen Frauenbewegung, sondern auch – Anlaß für die Erklärung waren die frauenfeindlichen Verlautbarungen des italienischen Futuristen Marinetti – gegen den männlich-chauvinistischen Antifeminismus in ›eigenen‹ avantgardistischen Kreisen und »gegen das von Männern aufgestellte Schreckgespenst der Tugend«.

Hubert van den Berg

Literatur: Hanne Bergius: Dada und Eros. In: Jula Dech/Ellen Maurer (Hg.): Da-da zwischen Reden zu Hannah Höch. Berlin 1991:61-81; Kathrin Hoffmann-Curtius: Erotik im Blick des George Grosz. In: Peter-Klaus Schuster (Hg.): George Grosz. Berlin – New York. Stuttgart 1994:183-188; Arno Widmann: Dada-Rätsel gelöst!. In: die tageszeitung, 26.11.1994; Valerie Preston-Dunlop: Notes on Bodies in Dada. In: Stephen Foster: Dada. The Coordinates of Cultural Politics. New York 1996:171-196; Naomi Sawelson-Gorse (Hg.): Women in Dada. Essays on Sex, Gender, and Identity.Cambridge/London 1998; Hubert van den Berg: ... wenn der Sexus sich meldet. Otto Gross und die Imagination und Repräsentation des Sexuellen im Kreis der Zürcher Dadaisten. In: Gottfried Heuer (Hg.): 2. Internationaler Otto Gross Kongress. Burghölzli, Zürich 2000. Marburg/Lahn 2002:207-264.

Textnachweise

Hugo Ball: Cabaret 3 [Der Exhibitionist ...] In: Cabaret Voltaire. Zürich 1916:24. Nachdruck in: Hans Arp / Hugo Ball u.a.: Dada Gedichte. Dichtungen der Gründer. © 1957 by Verlags AG Die Arche Zürich

Hugo Ball: O, Marietta. In: Die nichtgesammelten Gedichte, Verlag Faber & Faber Leipzig 1996:42

Richard Huelsenbeck: [Wenn sich der Sexus meldet] Fragment aus Dada siegt! Eine Bilanz des Dadaismus. Berlin 1920. Nachdruck in: Richard Huelsenbeck/Tristan Tzara: Dada siegt! Hamburg 1988. © Edition Nautilus, Hamburg.

Emmy Hennings: Kleines Varieté (gekürzt). In: Betrunken taumeln alle Litfaßsäulen. Frühe Texte und autobiographische Schriften 1913–1922, hrsg. von B. Merkelbach. Postskriptum Verlag Hannover 1990.

Richard Huelsenbeck: An die Kokotte Ludwig. In: Phantastische Gebete. Berlin 1920:20-21. Neudruck und © Anabas Verlag, Gießen 1993.

George Grosz: 1. Ragtime für den Oz im K. Laz. 840 Station III. In: Ach knallige Welt, du Lunapark. Gesammelte Gedichte, herausgegeben von Klaus Dencker. München: 1986:62-63. © Carl Hanser Verlag, München–Wien 1986.

Raoul Hausmann: Puffke und die erotische Kultur. In: Das Bordell, Berlin 1921. Nachdruck in: Bilanz der Feierlichkeit. Texte bis 1933, Band 1. Edition Text + Kritik, München 1982: 176-178

Mina Loy: Virgins Plus Curtains Minus Dots. In: The Rogue, New York 1915. Nachdruck in: The Lost Lunar Baedeker. Poems. New York 1997:21-23. Aus dem Englischen von Katharina Leunig.

Tristan Tzara: Chant nègre. Nauru. In: Œuvre Catalogue 1975:475-476. Aus dem Französischen von Katharina Leunig.

Walter Serner: Bestes Pflaster auch roter Segen. In: Dada (Zürich) Nr. 4-5, 1919. Nachdruck in: Das Hirngeschwür, Verlag Klaus Renner, München 1982:30.

Wieland Herzfelde: Das Begräbnis Alfred Lichtensteins (Fragment). In: Tragigrotesken der Nacht. Träume. Berlin 1920:24-25. Einbandzeichnung und Illustration im Text: George Grosz.

George Grosz: Aus dem Singspiel »Der Lattentanz«. Auftritt des Zotendichters. In: Ach knallige Welt, du Lunapark. 1986:55-56, a.a.O.

George Grosz: Tagebuchblatt für Oz, 3. May 1918. In: Ach knalli ge Welt, du Lunapark. 1986:58-59, a.a.O.

Maria d'Arezzo: Flug. In: DADA, Zürich 1917. Nachdruck in: Raoul Schrott (Hg.), Dada 15/25:124, Haymon-Verlag, Innsbruck 1992.

Hugo Ball: Ein Pascha des Züricher Niederdorfs. Auszug aus: Flametti oder vom Dandysmus der Armen. Berlin 1918. Nachdruck und © Suhrkamp Verlag Frankfurt 1975.

Georges Ribemont-Dessaignes: Nuit d'amour. In: DADA Nr. 6 (Paris 1920). Aus dem Französischen von Katharina Leunig. Nachdruck in: Manifestes Dada: Poèmes, articles, projets 1915–1930. Editions Champ Libre Paris 1974.

Mina Loy: Songs to Joannes. In: Others, New York 1916. Nachdruck in: The Lost Lunar Baedeker: 53-63, a.a.O. Aus dem Englischen von Katharina Leunig.

Walter Serner: Letzte Lockerung manifest Dada. Berlin 1920. Nachdruck in: Letzte Lockerung. Ein Handbrevier für Hochstapler. Verlag Klaus Renner, München 1981:1, 43, 44, 45, 48, 59, 61

Kurt Schwitters: Unsittliches i-Gedicht [mit Erläuterung] (1923), aus: Das literarische Werk 1-5, Hrsg. von Friedhelm Lach. © DuMont Buchverlag, Köln 1973.

Daimonides: Lehrsätze zur transeuklidischen Erotik, in: Der Einzige. Berlin 1919, Nachdruck in: Edgar Firn/Daimonides: Bibergeil. Pedantische Liebeslieder und andere Schriften. Verlag Klaus Renner, München 1983:31.

Johannes Theodor Baargeld: Das Ding an sich …, Aphorismen. In: Dada au Grand Air. Der Sängerkrieg in Tirol. Paris 1921. Nachdruck in: Raoul Schrott, Dada 21/22. Haymon-Verlag, Innsbruck 1988.

Francis Picabia: Frage der unsichtbaren Kontakte / Liebe von Intellektuellen (aus Jesus-Christus Rasta, Paris 1920). In: Unser Kopf ist rund, damit das Denken die Richtung wechseln kann, 5. Auflage 2001. Aus dem Französischen von Pierre Gallissaires und Hanna Mittelstädt. © Edition Nautilus, Hamburg.

Marcel Duchamp: Die Braut (1912), entnommen aus: Die Schriften: Zu Lebzeiten veröffentlichte Texte. Hrsg. und übersetzt von Serge Stauffer. © Theo Ruff Edition, Zürich 1994.

I.K. Bonset: Das andere Gesicht. Mann und Frau. In: De Stijl, Leiden 1920. Nachdruck in: Theo van Doesburg Œuvrecatalogue Utrecht 2000:697. Aus dem Niederländischen von Hubert van den Berg.

Theo van Doesburg – Hannah Höch: Popoismus [zwei Brieffragmente] (1924). In: Hannah Höch, Lebenscollage 2, 2:157. © VG Bild-Kunst.

Hugo Ball: Die weisse Qualle. In: Neue Kunst 1913:116-117. Nachdruck in: Die nichtgesammelten Gedichte, a.a.O.

Emmy Hennings: Die vielleicht letzte Flucht. In: Cabaret Voltaire, Zürich 1916. Nachdruck in: Hans Arp / Hugo Ball u.a.: Dada Gedichte. Dichtungen der Gründer, a.a.O.

Walter Serner: Manschette 9 (Elegie). In: Der Zeltweg, Zürich 1919. Nachdruck in: Das Hirngeschwür, a.a.O.

EdgarFirn/Daimonides: Bibergeil I und XIII. In: Bibergeil, a.a.O.

Julius Evola: Gelbkreuz, 1920. Aus dem Französischen von H.C. Artmann. In: R. Huelsenbeck (Hg.): Dada. Eine literarische Dokumentation, Reinbek 1984:193-194, Rowohlt Verlag, Reinbek.

Arthur Cravan: Siehst Du, die Teppiche werden Flammen schleudern. Aus: Maintenant Nr. 5, Paris 1915. Nachdruck in: Der Boxer-Poet oder die Seele im XX. Jahrhundert. Aus dem Französischen von Pierre Gallissaires und Hanna Mittelstädt. © Edition Nautilus, Hamburg 1991.

Elsa von Freytag-Loringhoven: King Adam. In: Little Review. New York 1921. Aus dem Englischen von Katharina Leunig.

Man Ray: Watch your step! In: The New York dada, New York 1921.

Hugo Ball: Der Henker. In: Revolution 1913:2

Richard Huelsenbeck: Chorus Sanctus. In: Phantastische Gebete, Berlin 1920, a.a.O.

Dragan Aleksic: Geschehen 1918. Entstanden 1924. Aus dem Serbokroatischen von Holger Siegel. In: Holger Siegel (Hg.): In unseren Seelen flattern schwarze Fahnen. Serbische Avangarde 1918–1939. Reclam Verlag Leipzig 1992:243.

Walter Mehring: Der Coitus im Dreimäderlhaus. In: Jedermann sein eigner Fussball, Berlin 1919.

I.K. Bonset: Manifeste 69. Beitrag für Dadaglobe 1921. In: Theo van Doesburg Œuvrecatalogue Utrecht 2000:697. Aus dem Niederländischen von Hubert van den Berg.

Francis Picabia: Sperme cheminée. In: Francis Picabia: Ecrits I:211. © Editions Belfond, Paris. Aus dem Französischen von Katharina Leunig.

Louise Norton: Buddha of the Bathroom. In: The Blind Man, New York 1917. Aus dem Englischen von Katharina Leunig.

Raoul Hausmann: Zur Weltrevolution (gekürzt) In: Die Erde, Breslau 1919. Nachdruck in: Bilanz der Feierlichkeit, a.a.O., 50 und 51-54

Mina Loy: Feminist Manifesto. In: The Last Lunar Baedeker 153-156. Highlands 1982. Aus dem Englischen von Katharina Leunig.

Inhalt